離婚を認めない俺様御曹司は、幼馴染みの契約妻に独占愛を刻み込む

m a r m a l a d e b u n k o

白亜 凜

マーマレード文庫

目次

離婚を認めない俺様御曹司は、幼馴染みの契約妻に独占愛を刻み込む

離婚を認めない俺様御曹司は、幼馴染みの契約妻に独占愛を刻み込む

◇プロローグ

長い間姿を見ることがなかった彼女は、突然俺の前に現れた。

「あなたに復讐をしようと思って」

花がほころぶような笑みを浮かべるのは、俺の妻。

長い髪をうしろでひとつにまとめている。

つるんとした額に穏やかな弧を描いた眉。その下でアーモンドアイを縁取る細くて長い睫毛も、半年前と変わっていない。

艶やかなその小さな唇が見た目以上にやわらかいことは、今は確認できないが。

グレーのパンツスーツに薄いピンクのブラウスがよく似合っているよ、橙子《とうこ》。相変わらず綺麗だな。まぶしいほどに。

などと、感心している場合ではないようだ。

念のため聞き返してみる。

「お前が、俺に、復讐？」

聞き違えたかと思ったが、そうではないらしい。

「ええ」

まるで悪女のようにツンと顎を上げ、鮮やかに笑いながら近づいてきた橙子は俺のネクタイを掴む。

「わからない？　あなたの胸に聞いてみたら？」

首を傾げ、束の間考えた。

心あたりはあるようなないような……。

その後も一方的に言うだけ言って、俺を睨んだままネクタイを放した彼女は、くるりと背中を向ける。

狐につままれた気分の俺を残し、ドアの前で頭を下げ、本部長室を出ていこうとする彼女に「待てよ」と声をかけた。

いったいなにを考えているんだか。

「俺はいいぞ？」

なんであれ、俺はお前の復讐を喜んで受け入れよう。

「ただ……」

ドアノブに手をかけたまま、ほんの少しだけ振り返る彼女のもとに、ゆっくりと向かう。

滑らかな髪に指を通してから、久しぶりに彼女の顎に指をかけると、ふわりと甘い香りが鼻腔をくすぐった。

「どういうつもりか知らないが――」

唇を重ねたい誘惑に耐えて目を合わせると、深く澄み切った瞳に吸い込まれそうになる。

「橙子。この先もずっと、お前は俺の妻だ」

見つめ返してくる瞳の奥に語りかけた。

「それを忘れるなよ」

俺はお前を愛している。

お前が思いもよらないほどにな。

◇買われた妻

「桐山《きりやま》様、お待たせしました。こちらへどうぞ」

少し間を置いてから自分が呼ばれたのだと気づき、慌てて「はい」と答えた。

読んでいた雑誌を閉じて立ち上がった私は桐山橙子。二十七歳。結婚して半年経ったというのに、いまだに〝桐山〟という名字に慣れていない。

案内された個室のエステベッドに横たわり、瞼を閉じる。

時を置かずしてフェイスマッサージが始まった。

「本当に綺麗なお肌ですよね。色白だし、きめが細かくて絹のようです」

お世辞とはわかっているが、口は開けられないので心の中で、ありがとうございますと答える。

滑らかな指の動きに身を任せる優雅なひととき。

このビューティーサロンはビルの三階にあり看板も入口も目立たないが、一歩中に入るとアイボリーを基調としたエレガントな空間が広がる高級店だ。

以前の私ならとても通えなかった。

これも皆、桐山になったから得られた時間だ。名字にはいつまで経っても慣れることはないのに、私は桐山橙子として生きている。

その事実に心密かに苦笑した。

マッサージが終わると、次は海藻パックの時間だ。

「このままお時間までお待ちくださいませ」

個室に流れるヒーリングミュージック。瞼を閉じて、チュンチュンという小鳥のさえずりや小川のせせらぎに耳を傾けているうちに、心地よい眠りに誘われる。

でも今日は違った。目が冴えていて、少しも眠くならない。

夕べ、私の夫、桐山龍司《りゅうじ》が夢に出てきた。

『無理しなくていい。俺は書斎で寝るよ』

ベッドから下りて寝室から出ていく彼の声、ガウンを手に取る彼のうしろ姿、廊下へ消えていく足音。ひとつひとつがまざまざと蘇る。

閉じた瞼の内側が熱くなり、唇を噛んだ。

半年前の、彼とベッドをともにする初めての夜だった。

婚姻届を提出し新居で暮らし始めてからしばらく、私と龍司にはなにもなかった。

仕事が忙しい龍司は帰りが遅く、帰宅はいつも深夜。待たれると負担になるから気にせず先に休んでほしいと言われていた。

龍司の書斎にもベッドはあるので別々に寝ていたのだ。

でもその日は帰りが早かった。一緒に夕食をとり次の日は休日となれば、なにを言われなくても想像できる。

今夜はきっと……。

バスルームの脱衣所でそう思いながら、緊張をほぐすようにドライヤーの風を送り髪を乾かした。

大きな鏡に映る風呂上がりの私は、ほんのりと頬を赤く染めていた。湯船にたっぷりと浸かったせいで体は火照っていたけれど、少し震えていたかもしれない。

私は二十七になるこの年まで、キスの経験すらない。

恋愛を否定するわけでも独身主義者でもなくて、ただ誰かを好きになる余裕がなかっただけだが、急に決まった結婚に気持ちがついていけなかった。

私と龍司は幼馴染みで長い付き合いだが、恋人として過ごした甘い時期がない。七年ぶりに再会してすぐ結婚が決まったから、妻になるという実感もなかった。

そんな状態で迎える初夜はどうしていいかもわからず、ただただ不安だった。

バカみたいに緊張し、苦しいほど高鳴る胸に手をあて、彼の待つ寝室の前に立った。

でも私と違って龍司はきっと経験豊富だろうし、うまくリードしてくれるはず。龍司を信じて任せればいい。深呼吸をして大丈夫と言い聞かせた。

勇気を振り絞りドアを開けると、静かな音楽が流れていた。

中央のキングサイズのベッドのほかにL字型のソファーと小さなテーブルがある。テーブルの上にはシャンパンのボトルとグラスがあった。

ついていた明かりは、ねじれた形のスタンドライトだけ。

紺色のガウンを着た龍司は長い脚を組んでソファーにもたれ、オレンジ色の光を浴びながらシャンパングラスを傾けていた。

『少し飲もう』

『うん』

龍司は私にもグラスを差し出した。

きらきらと輝いては消えていくシャンパンの泡。味わう余裕はなかったけれど、口の中で弾ける泡と広がる豊潤な香りは、特別な夜の始まりを印象づけた。

私が腰を下ろしたのは龍司のすぐ隣。肩を抱かれるように寄り添って——。

そんな私に龍司はキスをした。

花のようなシャンパンの芳香と龍司の熱にあてられた、私のファーストキス。

『橙子。俺はお前が好きだ』

ささやきながら繰り返された唇を重ねるだけの淡い口づけ。

強引で俺様なくせに、その日の彼は蕩けるように優しかった。壊れものでも扱うように私をそっとベッドに横たえて。


あのときどうして泣いてしまったのか、自分でもよくわからない。

龍司に抱かれるのが嫌だったわけじゃない。怖かったわけでもないのに、溢れる涙を止められなくて。

結局私は、悲しくなるほど優しかった龍司の背中が涙で滲むまま、なすすべもなく彼の姿を見送った。

込み上げる悲しみに胸が張り裂けそうになる。

ごめんね、龍司。泣いたりして。

でも、そんなつもりはなかったの。あなたを傷つけるつもりなんて……。


ピピピと電子音が鳴り、現実に引き戻された。

「お疲れ様」と親友の未希《みき》の声がする。マッサージをしてくれた女性から彼女に交代したらしい。

目を開けて首を回すと未希の姿が見えた。

彼女は目鼻立ちのはっきりとした美人だ。一本の乱れもなくシニヨンにまとめた髪型に、すっきりとした黒いユニフォームというスタイルだが、未希のユニフォームだけはほかのスタッフと形が違う。ほかの女性はシンプルなラウンドネックだが、彼女のユニフォームには襟がある。

未希はこの美しいビューティーサロンの経営者だ。

高校卒業後進学せずに美容業界に飛び込んだ彼女は努力の末に独立し、今や従業員二十人を抱えるまでにお店を成長させた自慢の友人である。

「あー、すっきりした」

沈んだ気持ちを振り切るように、両手を伸ばして、ことさら大きく息を吸う。

「ノンカフェインのハーブティーよ。ビタミンたっぷりで美肌効果があるの」

彼女がトレイに載せてきたガラスのカップには、鮮やかな赤色のお茶が入っている。早速手に取り口もとに近づけると、ふわりと甘酸っぱい香りが広がった。

ふいに未希が雑誌を手に身を乗り出す。

「ねえ橙子、見て見て」

差し出したのは、経済情報誌のようだ。

「龍司、また特集されてる」

【若き石油王、桐山龍司に聞くエネルギーの新たな――】

誌面を半分以上使って彼の写真が載っていた。

ソファーに腰かけ、右手を前に出してなにかを訴えるように開いている口。きりりとした眉、少し横を向いた彼の表情は厳しく、瞳は鋭い光を放っている。

この記事を目にすれば誰もが思うだろう。

桐山龍司はデキる男に違いないと。

「惚れ惚れするようなイケメンに成長したよねー。この顔で身長一八〇センチ超えなんだから、もはや無敵か」

未希はあらためて雑誌を手に取り掲げるように見る。

私の夫龍司は、世界を席巻する日本有数の総合商社、株式会社《かぶしきがいしゃ》桐《きり》ヤマ商事《しょうじ》の創業者一族、桐山家の御曹司だ。

こんなふうに雑誌に何度も取り上げられる理由は、毛並みの良さや整ったルックスのせいだけではないと思う。たぶんだけれど、彼は見た目通り本当に仕事ができるんだろう。

業界では『無敵』と言われているらしいから。

未希は感嘆のため息をつく。

「まあ確かに昔から見た目はよかったけど。〝あの〟龍司がねぇ。正直まさかだわ」

茶化すように吐き出された未希の言葉に、思わずあははと笑う。

「ほんと。まさかだよね」

私と龍司は幼稚園から高校まで蒼山《あおやま》インターナショナルスクールに通っていたが、そのうちの中学までは未希も一緒だった。

蒼山インターナショナルスクールは、幼稚園から高校までの一貫校である。

インターナショナルスクールというだけあって外国籍の生徒が多いが、半数以上の生徒は日本人の子どもたちだ。公立や一般的な私立の学校に比べて学費は高額なため、通う生徒は資産家の子女ばかり。それゆえにセレブな学校と言われている。

自由な校風と相まって、奔放な子どもも多かった。

少年時代の龍司は我が強く、自分が悪くても決して謝らないし、思い通りにならなければ怒って暴れるような男の子で、次世代のリーダーを彷彿とさせる要素など、どこにも見あたらなかった。

あのまま体だけ成長していたら、常に誰かと衝突していたはずで、面倒な仕事など放棄していたに違いない。

でも彼は違った。私たちの予想をいい意味で裏切ったのだ。

「深夜の仕事が続いても愚痴ひとつこぼさない。それどころか部下を励ましたりして、人望も厚いっていうじゃない。どう化けるかわかんないもんねー」

「ええ？　褒めすぎじゃない？」

「ほんとよ。桐ヤマで働いているお客様がそう言って褒めるんだもの」

距離の遠い夫とはいえ、賞賛されれば案外悪い気はしないものである。おのずと頬が緩む。

「ふぅん。それならよかった」

「橙子が言うようなクズだとは誰も思っていないんじゃない？」

感心だけにしておけばいいものを、未希はくすくすと笑う。

「クズなんて言ってないでしょ」

バカなのよ、とは言ったけど。

すぐに怒ったり笑ったり、裏表がなくて単純で。よく言えば純粋ともとれるが。

「ねえ橙子、もう一回見せてよ、チーター」

未希にせがまれて、私はため息をつきながらスマートフォンに指を滑らせた。

「はい。どうぞ」と見せた写真には、赤いオープンカーの運転席に肘をかけた龍司が、助手席にチーターを乗せて、大口開けて笑っている。

この写真は大学生の頃のもの。友人が送ってきた【ドバイで龍司発見】という言葉に添えてあった写真だ。

つらいときにこの写真を見ると、バカバカしさゆえに元気が出た。なんとなく消さずにそのまま残している。

「最高。チーターの首輪に宝石もついてるしー」

あはは、とおなかを抱えて未希は笑う。

「大学生まではこの通りだったのにね」

受け取った当時は、まさか自分が龍司と結婚するとは予想もせず、『龍司らしい』と笑っていた。

この男にはきっと、悩みなんてないんだわ、と。

とはいえ今は、あのときのように笑えない。仮にも彼は私の夫。私がこの写真を持っているのは龍司には秘密だし、バカにして笑っていたとはさすがに言えないが。

それにしても、見れば見るほど酷い写真である。

チーターはまだしも、後部座席にいるオリエンタルな美女ふたりはなんなのか。

ほかにも鷹狩、スカイダイビング、クルージング、派手なパーティーと写真は続くが、どの写真にも女性がいる。揃いもそろって皆グラマラスな美人ばかり。

人はそうそう変わらないと思う。

仕事の顔は違っても、プライベートは昔のままかもしれない。

龍司は今、この写真と同じドバイにいる。ハーレムが横行する中東で、このときのように美女を引き連れて遊び歩いていても不思議はないのだ。

「いったい、なにしに行ってるんだか」

思わず本音が漏れる。

いくら忙しくても二十四時間ずっと仕事をしているわけじゃない。休日だってあるだろうし。

「橙子もついていけばよかったのに」

「行かないわよ。絶対」

それにあいつは『アラブは危険だから、お前はいい子で留守番していろよ』と言ったのだ。

「でもさぁ、龍司って幼稚園からずっと橙子一筋だったじゃん。大好きな橙子とせっかく結婚できたのに単身赴任は寂しいだろうね」

「まさか」

寂しい？

それはないでしょうと、苦笑するしかない。

「あのね未希。ずっとじゃないよ？　龍司が私にちょっかい出していたのは中学まで、高校ではいろんな女の子をとっかえひっかえだったんだから」

「へぇー、意外。橙子しか眼中にない感じだったのに」

子どもの頃、私はなんだかんだと龍司に泣かされた。

髪のリボンを引っ張られたりノートを隠されたり、子どもっぽくてくだらないいたずらは日課だったたし、女の子と遊んでいるとこっちに来いと強引に手を引かれたりなんてことが、中学卒業くらいまで続いた。

龍司は橙子が好きなんだとからかわれて、一部の女の子には羨ましがられたりしたけれど、私は少しもうれしくなかった。冷やかされるのが恥ずかしくて逃げ回っていた。

だけどそれも、高校生になった頃には終わったのだ。

最近絡んでこないなと気づいたとき、龍司の隣には同級生の美人ファッションモデルの子がいた。

いい加減私に飽きたんだろう。もしくは、私には追いかけるほどの魅力はないと、夢から覚めたのか。

とにかく龍司は私に背を向けたのである。

「でもさぁ、ドバイから誕生日には花束とプレゼントを贈ってくれたのよね？」

「うん、まあ……ね」

誕生日には抱えきれないほどの大きな薔薇の花束と、ピンクダイヤモンドのネックレスが届いた。それだけじゃない。この半年、クリスマスもお正月も、帰らない代わりに様々なプレゼントを贈ってくれた。短いが時々電話もある。

だからといって愛されている気はしない。ひしひしと感じる心の距離を、どう表現したらいいか。

不満とは違う、不安のようなもの。

「それになにより、橙子が大変なときに駆けつけたんだから、結局橙子なのよ、龍司は」

目を細めて冷やかすような未希の笑みに、私は力なく口の端をゆがめ、目を伏せる。

その通り、龍司は私を助けてくれた。

全財産を投げ打って立ち上げた父の事業は、何度も危機があったが、そのたびに不死鳥のごとく蘇ってきた。

だが今から一年ほど前、ついに運に見放されたのである。不渡りを出し会社は倒産。我が家に残ったのは父が作った十数億という莫大な借金だけ。

龍司はその全部を立て替えて、暗闇から救い出してくれた。

私との結婚と引き換えに。

お金だけじゃない。龍司が用意した私たちの新居はバカみたいに大きな一戸建ての家。セキュリティはしっかりしているし、通いのハウスキーパーも最初から契約されていた。

彼は誰もが羨むような贅沢な暮らしを私にくれたのだ。

未希のサロンに通えるのも龍司のおかげ。いくら友人の店とはいえここは高級サロンである。彼と結婚していなければ、とてもじゃないが常連客にはなれない。

「どう考えても愛だよ。愛」

未希にジト目で睨まれて答えに詰まり、ごまかすようにハーブティーを飲む。

少し冷めたハーブティーから強い酸味が口いっぱいに広がって、心の中まで酸っぱくなる。

父の会社が倒産し、ひと月ほど経った頃か。

両親を前に不安を口にもできず、『なんとかなるわよ』と精いっぱい強がって。でもどうにもならない現実に絶望していた夜。龍司は現れた。

『橙子、俺が助けてやる』

彼は真顔でそう言った。

結局、私は彼が差し伸べた救いの手を取り、私たちは結婚した。

ホッとした気持ちと、ぽっかりと穴が空いたような空虚な心を抱えて、私は龍司の妻になった。

この結婚は恋愛によるわけじゃない。私たちは契約結婚だ。

私からは離婚を言い出せず、私が浮気をした場合は天文学的な慰謝料を請求するという条件がついている。

龍司側にはなんの制約もないが、そもそも彼は十数億という我が家の借金を清算してくれたのだから当然だろう。というかむしろ対価が妻の座でいいのかとさえ思うくらいだ。

この結婚に不満はないが……。

「婚前契約だって、橙子を縛りたいからでしょ。龍司に限って浮気はないって」

未希はそう言うが、初夜をともに過ごしただけで彼は中東へ行ってしまった。その一夜ですら中途半端に終わったままで、私たちは愛を交わしてはいない。

あの夜、彼は私にがっかりしたのかな……。

手に入れてみたものの期待したような感動もなく、仕事に逃げてしまったとか？

釣った魚に餌はやらないというけれど、それと同じなのか。

龍司は今、どんな気持ちでいるんだろう。

沈んだ気持ちを置くように、トレイにカップを戻すと、未希が「いいこと思いついた」と両手を打ち合わせた。

「ねえ橙子、冗談抜きでさ、行ってみない？」

「え？」

「一緒に行こうよ」

急な話に首を傾げた。

「ドバイに？」

「そう。龍司は今、ドバイにいるんでしょ？」

「う、うん。まぁそうだけど」

龍司が最初に向かったのはアラブ首長国連邦の首都であるアブダビだったが、ひと月前からドバイにいるはずだ。

「実はさ。ドバイでお客様の結婚式があってね。ブライダルエステの仕事で行くんだけど、お客様とずっと一緒っていうのも疲れるし。橙子が行ってくれるならうれしいな」

ドバイ。アラブのリゾート地として知られる都市。

世界最大の人工港「ジュベル・アリ」。世界一の高さを誇る「ブルジュ・ハリファ」。

実家が裕福だった頃は両親に連れられて世界各地を旅行したが、中東には足を踏み入れていない。オリエンタルな魅力溢れるだろう彼の地を一度は見てみたいと思っていた。

「龍司に会いたくなければ会わなくてもいいじゃない。偶然会うなんてそうそうないだろうし」

確かにそうかもしれない。

「どうするかは向こうで考えたらいいじゃん。少なくとも気晴らしになると思うよ？」

未希の言葉が、鬱々とした胸にストンと落ちる。

このまま唯々諾々として彼の帰りを待っていても、なにも変わらないし、見知らぬドバイを想像して悶々とするだけだ。

行きたいという気持ちがむくむくと湧き上がり、大きく息を吸う。

「とは言っても、私は仕事ですぐ戻らなきゃいけないから、三日しかいられないんだけどね」

三日と聞いて心を決めた。

短くてもかまわない。むしろ短いほうが偶然龍司に会う確率は減るのだから。

「行ってみようかな、ドバイ」

「えっ、ほんと！　よかった」

龍司がどんなところにいるのか、この目で見てみよう。彼の瞳に映る景色を見て、同じ空気を吸ってみれば、なにかがわかるかもしれない。

それと——。

我が身を振り返るように、瞼を閉じた。

この心に疼くすっきりしないものの正体を探し出し、なんとかしなければ。

そして私はドバイに来た。

「うわー、独特な雰囲気ね」

観光大国と呼ばれるだけあって、道行く人々は皆、開放的な空気を漂わせている。長袖のブラウスにロングスカートと、念のため肌の露出が低い服で来たけれど、イスラム圏とはいえ人々の服装は様々で気が楽になった。

ホテルから見渡せるペルシャ湾の先に見える近未来的な高層ビル群。奇抜で派手な建築物は見ていて飽きないし、街は予想以上に綺麗で清潔だ。

巨大な噴水のショーを眺めながら心の中で文句を言う。

目につくそこかしこに旅行者らしき女性が歩いている。私と未希のように女性だけで。

龍司ったら嘘ばっかり、女子旅でも楽しめるほど安全そうよ?

私が邪魔で『アラブは危険だ』なんて言ったのねと疑念が湧いたが、そんな不満をかき消してくれたのは、モーニングのデザートサファリだった。

どこまでも続く砂丘と赤く染まる空を見ていると雄大なときの流れに圧倒されて、自分がちっぽけに思えた。

長い人生で考えればいいのだと砂丘が教えてくれる。

彼が東京《とうきょう》に帰ってきたら、またやり直せばいい。今日明日じゃなく、それが来年でもいいじゃないか。私たちは生涯を誓い合った夫婦なんだもの。

そう思えただけでドバイに来た収穫があった。

心が落ち着くと龍司に会いたくなった。

ちょっと遊びに来たのなんてひょっこり顔を出したらどんな顔をするかな。

もしかしたら喜んでくれる？

そんなことを考え、気づくと視線で彼を捜してしまう。

未希が仕事に向かったとき、ひとりでホテルのアフタヌーンティーを楽しみながら、スマートフォンを手に何度も迷った。

でも、やっぱり会わずに帰ろうと決めた。仕事で来ている彼に迷惑をかけてもいけないし、困らせたくはないから。

未希の仕事の空き時間は、ふたりで思う存分観光を楽しんだ。

あっという間に迎えた最終日の夜、念入りに未希に化粧を施してもらう。

ヒジャーブと呼ばれる長いスカーフを頭に巻き付けサングラスもかける。これだけでもずいぶん違うが、ウィッグまでかぶって額を全部隠すと、別人のようになった。

「どう？」

「すごいよ未希、さすがプロ」

未希がエヘンと両手を腰にあてて威張ってみせた。

見事な変身だ。龍司に限らず、私を知る人に会っても絶対にわからないだろう。両親だってごまかせると思う。

夕食時の外出は、サングラスをメガネに代えてさらに万全の態勢で臨む。龍司に会う可能性が高いのは夜だから。

今夜は未希のお客様のグループに紛れて飲みに行く。

足を踏み入れたレストランバーは広かった。入って右には長いカウンターがあり、カウンター内の壁にはスポットライトを浴びたアルコールの瓶がステンドグラスのように輝いている。店の左を見れば大きな窓からペルシャ湾の美しい夜景が見渡せた。

赤や黄色の間接照明に金色の置物など、オリエンタルな雰囲気に包まれている店内は一様に薄暗く、客の顔は近づかなければわからない。

これならば変装する必要はなかったかもしれないと胸を撫で下ろし店内を進む。

途中、ふとなにか落ちていると気づき、屈んで拾った。

手にしたそれはハンカチだった。

「橙子、どうかした？」

「あ、ううん。ハンカチが落ちていたからお店の人に渡してくる。先に行ってて」

未希を促して、ハンカチに目を落とした。

あっ、これって――。

赤みが強い照明のせいですぐには気づかなかったが、ハンカチの角に紺色の糸でRの刺繍が施してある。

右下のカーブのゆがみに見覚えがあり、胸の鼓動が激しくなった。

どうして……。

この刺繍は、龍司にはショップのサービスだと言ったけれどそうじゃない。私が自分で施したのだ。時間がたっぷりとあったから、龍司のイニシャルをと思って。

間違いない。これは私が龍司にプレゼントした水色のハンカチだ。

＊＊＊

「あれ。ちょっと混んでますね」

ボーイに案内される前に、薄暗い店内をぐるりと見回した。

取引先である石油会社の創立記念パーティーがあり、その後同じホテルにあるバーに立ち寄った。

この店は、コールガールが声をかけてくることもなく落ち着いて飲めるのが気に入っているが、今夜はやけに賑やかだ。

いつもなら奥まった窓際の席に行くが、先客がいる。

「どうします？」

高村《たかむら》が振り返る。

彼は俺のひとつ年下の専属秘書だ。目尻が下がり人のよさそうな風貌をしているが、心の目は鋭く抜け目のない男である。

「カウンター席でいいさ。これからほかに行くのも面倒だろ」

店内を進みながらポケットからリングケースを取り出した。

席につき、ケースを開いて指輪を眺める。

プラチナではなくシルバーのメレダイヤのリング。所詮はパーティーの余興、ビンゴゲームの景品といえばこんなものだろう。

さて、どうしようか。もう少しいいものなら橙子にと思ったが、これではな。

「いるか？」

カウンター席の隣にいる高村に聞いた。

「いえ。おかげさまであげるような恋人もいませんし」

激務続きに加えて長期出張。恋をする暇もないと言いたいのだろう。高村は不満げなため息をつく。

「まあそう腐るなよ。俺だって単身赴任だぞ」

「はあ、それはそうですが、本部長は美人な愛妻がいらっしゃいますし」

まあな。俺は自他ともに認める愛妻家だ。ちょっと行動が伴っていないのが玉に瑕だが。少なくとも心はな。

リングケースをポケットに戻すと、タイミングよくスマートフォンが振動した。

「本社から電話だ。適当に赤ワインとつまみを頼んでおいてくれ」

「はい」

東京はここドバイとの時差が五時間もある。向こうは午後の三時だがこっちは夜の八時。父や上司は十時くらいまでは平気でかけてくる。寝ていようがお構いなしだ。ただが電話をかけてきたのは、律儀にこちらの時間を気にする直属の部下である。なにか問題が起きたのだろう。

『今大丈夫ですか？』

「ああ」

予想通り込み入った内容だった。

進めている某国の油田開発プロジェクトに政治が絡んできそうだという。出資比率についてぐずぐず言い出してくるかもしれない。

『見直しを含め、カーボラ社は迷っているようです』

「そうか。面倒だな」

プロジェクトはうちだけでなく、英国に米国。日本以外の企業も数社参加している。

「とにかく正確な情報を集めるしかないだろう」

心あたりのある外交官の名前を数人挙げた。

「彼らなら、現地に赴任中に独自のパイプを持っていたはずだ。相談してみるといい」

『わかりました、やってみます』

「最悪俺が向かってもいいが」

『そろそろ日本に戻ってください、お願いしますよ本部長』

「ああ、わかってる。調整してるところだ」

時間にして十分くらいか。電話を終えてため息をつきながら戻るとき、女が屈んでなにかを拾う姿が見えた。

女が手にしたのはハンカチだ。

あ、もしかして。

彼女がジッと見ているイニシャルの刺繍にハッとした。とっさにポケットを確認すると、あるはずのハンカチがない。ついさっきリングケースを取り出したときに落としたらしい。

『Thank you』と声をかけ自分のハンカチだと礼を言い、女にリングケースを渡した。

「Please accept this is a token of my appreciation」

（ほんの気持ちです。お礼にどうぞ）

瞳を揺らした女は戸惑ったようにうつむいたが、リングケースを受け取り、軽く頭を下げ、店の奥へ歩いていく。

使い道ができてちょうどよかった。

ホッとしながらハンカチを今度は内ポケットにしまい席に向かう。

「お知り合いですか？」

一部始終を見ていたらしい。席に戻ると高村が女のうしろ姿を目で追っていた。

「いや。ハンカチを拾った礼に、さっきの指輪を渡したんだ」

「ナンパするのかと思いましたよ」

「するわけないだろ」

目の端で睨むと高村は肩をすくめる。

「奥様にあげなくてよろしいんですか？」

「妻にはもっといいものを俺が買う」

どうせ景品だ。橙子がくれた大切なハンカチをなくさずに済んだと思えば、むしろあれでは申し訳ないくらいである。

「ちょっとした礼にはなっただろ」

高村は「まぁ、ここはドバイだし」とひとりごちた。

そりゃそうだ。東京ならまた違う。

ここドバイでドレスコードがあるバーに来ている客なら、あの程度の指輪をもらったからといってなんとも思わないだろう。客を捜すコールガールには見えなかったから渡したんだし、俺はひとことも誘っていない。

それはそうと、なんとなく橙子を思い出させる女だった。

小さな声で「Thanks」と言い、彼女はすぐにその場を立ち去った。

前髪を目もとまで下ろしメガネをかけ、ヒジャーブを巻き付けていたから実際のところはよくわからないが。

どこが似ていたんだろう。アジア系だからか？

外国人向けのこのバーに、今夜は日本人客も多くいる。さっきの女も日本人だったのか？

彼女が向かった方向に視線を走らせてみたが、見える位置に姿はなかった。

似ていたところで橙子がここにいるはずはない、か。

気を取り直してワイングラスを手に取った。

グラスを軽く揺らすだけでコクの深い重厚な香りが漂ってくる。高村は俺が好きなフルボディの赤を頼んだようだ。

「電話はなんだったんですか？」

知りたそうにこちらに顔を向けた高村にざっくりと状況を説明する。

「なるほど、面倒そうですね」

「ああ。帰ってこいってさ。今回の取引もいち段落したし、そろそろ帰るか」

橙子と似た女に会ったのもなにかの縁だろう。

いい加減、ちゃんと向き合わないと。

「よかったー。ドバイでこのまま夏を過ごすとなったら地獄ですからね」

「ああ、なにしろ平気で四十℃越えるしな」

今は三月だから二十℃台だが、ドバイの夏は身の危険を感じるほど気温が上がる。

ふいに店の一角で歓声が上がった。

振り返ると「おめでとう」という日本語が聞こえた。こっちで結婚式を挙げたのか。カップルと思われるふたりが輪の中心に見える。

「いいなぁ。俺も東京に帰ったら婚活しようかな」

高村がため息交じりにぼやく。

「誰かいないのか？　大学時代はいたんだろ」

俺とそう変わらないくらい背も高いし顔も悪くない。女に困るような要素はないから誰かしらいただろう。

「ええ、まぁ。でもなんか桐ヤマに就職決まった途端目の色が変わったっていうか、結婚をせかされて。〝私、就職やめようかな〟とか言っちゃって。そんな姿は見たくなかったなぁ」

「それはお前がたいして好きでもなかったんだろ」

本気で好きなら、目の色が変わってむしろうれしいはずだ。

「スペックで判断されるって悲しくないですか？」

「それを言うなら俺なんか、子どもの頃から狙われてるからな。おかげで近づいてきただけでわかる」

自慢じゃないがひと目でな。

「本部長と奥様って同級生なんですよね？」

「ああ、幼馴染みだ。幼稚園から高校まで一緒」

正確には高校の途中までだが。

「その手の女性じゃなかったわけですか」

「まあな。彼女はむしろ俺から逃げ回っていたよ」

「へえー」

橙子……。

俺はずっと、ガキの頃から橙子が好きだった。

遠い記憶を脳裏に呼び起こす――。

あれはまだ幼稚園児だったか、橙子が俺の前に立った。

わがまま放題で怖いもの知らずだった俺は、おそらく友だちが遊んでいたものが欲しくなり無理やり奪ったんだろう。

『りゅーじくん、ひとのものをとったらダメよ』

橙子は真顔で抗議し、手を差し出した。

彼女のまっすぐな目に動揺した俺は、うるさいとかなんとか言って奪ったものを橙子の足もとに叩き付けた。

おもちゃだったか本だったか、ものは覚えていないが、ジッと俺を見た橙子のきらきら輝く澄んだ瞳と、それを拾う彼女の姿が、瞼の裏に焼きついている。

初めて感じた罪悪感と、胸に湧く感動にも似た不思議な感情に戸惑った。

それがきっかけとなったか定かではないが、気づけばこんなにも長い間橙子を想い続けていた。

とにかく好きで、橙子は俺の太陽そのもので……。

あの頃から独占欲が強かった俺は、橙子の笑顔が俺だけのものにならないのが嫌で困らせてばかりいた。

嫌われても当然だったろう。

『やめて。本当に嫌なの!』

廊下の影でたまたま聞いてしまった橙子の気持ち。

俺のせいでからかわれていた橙子が放った言葉を聞いて、目が覚めた。

俺は橙子に嫌われていたんだ。

本気で嫌がられているとわかっても追いかけ回すほど、俺だってバカじゃない。思春期を迎えた照れと失恋が重なり、距離を置くようになった。

『俺の前で橙子の話をするなよな』

それからは意識的に橙子の情報を耳に入れないようにした。

結局は忘れられなかったが。

気にしないようにすればするほど想いは募るらしい。

橙子に向けた背中が痛くなるほど彼女を想い、恋焦がれ続けた。

五年ぶりに再会したあのときまでずっと。

◇復讐という名の就職

二日前、未希と一緒にドバイから戻った。

とんぼ返りのように短い旅行だったせいか、夢でも見ていたような気分である。

お風呂から上がって寝室のドレッサーに腰を下ろすと小さなリングケースが目に留まった。

ドバイのレストランバーで龍司がくれた指輪だ。

どうすんのよ、これ。

ドレッサーのライトが指輪にあたり、小さなダイヤモンドがきらきらと光る。

『Thank you』

聞き覚えのあるバリトンボイスにハッとして顔を上げると、目の前に龍司がいた。

スーツ姿の彼は、バランスのいいスラリとした体躯そのままで、切れ長のどこか甘い瞳も、意志の強そうな口もとも、半年前とどこも変わっていなかった。

私だとは気づかずに、流ちょうな英語でそのハンカチは自分のものだと言う。

慌てて差し出すと、彼はスーツのスラックスのポケットから小さなリングケースを取り出し、私の手からハンカチを取った代わりにケースを置いたのだった。

『Please accept this is a token of my appreciation』

ほんの気持ちです。お礼にどうぞ、か。

慌ててその場を離れ、見つからずに済んだが、あれはいったいなんだったのか。

見ず知らずの女性に対し、ハンカチ一枚拾ったお礼に指輪を渡すなんてどうかしている。

ケースを開けて驚いた。メッキではなく本物のシルバーの輪に小さくはあるがダイヤがついた新品の指輪なんだもの。

大学生の龍司が笑うバカげた写真が脳裏をよぎる。

美女を引き連れていたあの頃と、彼はなにも変わっていないんだ。

あれはナンパだったのだろう。

リングケースを受け取った女性がこれは？　と聞いて、龍司が甘いセリフでも吐き、その後はどちらからともなく誘い、ふたりの距離は一気に縮む。

拾ったのが私でなく、恋を探す女性であればそうなったに違いない。

相手が私でなければ、きっと——。

未希は『龍司って幼稚園からずっと橙子一筋だったじゃん』と言ったけれど、それは違う。私だけを追いかけていた彼は、もうどこにもいない。

おかげで踏ん切りがついた。

受け取った指輪が、私の心で疼いていた不安を呑み込んだらしい。戸惑いが消え、心は妙にすっきりとしている。

「勝手にすればいいわ」

ひとりごちて、ドレッサーの引き出しに指輪をしまう。二度と目に入らないように、ぐっと奥に押し込んで。

浮気者め。

悪態をつきながら荒々しく電気のスイッチを押し、ベッドに潜り込む。

「はぁ」

東京に帰ってすぐ、龍司から近々帰国するとメッセージが来た。早ければ来週にも戻ってくるらしい。

こんなふうに、怒りで冷えた気持ちで迎えたくなかった……。

あのハンカチ、どうしただろう。床に落ちたハンカチなんて捨てられちゃったかな。

無造作に捨てられたハンカチを想像し、ズンと心が痛む。

でも、私がどんな気持ちで刺繍をしたか、彼は知らないから。捨てられちゃっても仕方ないんだよね。

あのとき私は、龍司ありがとうねと、心の中でささやきながら糸を通した。いい妻になれるようがんばるねと。

食事の用意も掃除洗濯も、家事はハウスキーパーの仕事だから、私にはそれくらいしかしてあげられなくて。

ふと思う。買われた妻ではなく、普通に彼と再会し愛を誓い合って結婚したならば。今とは違ったかな、と。

少なくとも、私は私のままでいられただろう。

ハウスキーパーを頼むのは時々で十分よ、と言っただろうし、反対されても中東にもついていったと思う。危険なら帰ってくればいいんだもの。

でも、今の私にはそれができない。どうしていいかわからないまま、この寝室を包む冷たい闇の中でずっと、同じところを彷徨っている。

いい妻ってどういうふうでいればいいのかな。

ねえ龍司、買われた妻はどうしたらいいの？

次の日の午前中、実家に電話をかけた。

龍司が帰ってくる前に、ゆっくり会いに行こうと思って。ところが――。
出かけているのかな。
少し時間を置いて何度かかけ直したが、やはり誰も電話に出ない。
念のため母のスマホにかけてみると、呼び出し音五回で母の声が聞こえた。
『はーい。どうかした？』
いつものように明るい響きの声にホッとして、胸を撫で下ろす。
「家に電話したんだけど出なかったから」
『あら。お父さんが書斎にいるはずなのに、寝ちゃったのかしら』
母は今美容室にいるという。帰ったらかけ直すと約束してもらい電話を切った。

私の実家、橘《たちばな》家は日本有数の総合商社、タチバナ物産の創業者一族だ。
父方の親族には伯父と叔父、そして叔母がいるが、親族間の仲はよいとは言えない。
私が中学生の頃、父はタチバナ物産の若き代表取締役社長として活躍していたが、
十年前、私が高校生のときに親族間の派閥争いに破れてタチバナを去っている。
現社長は争いに勝った伯父だ。
その後、父は起業し失敗したが、そのときも橘家の親族は誰ひとり助けてくれなか

った。資産家揃いの身内なのに、伯父もタチバナの役員である叔父や叔母もまったく救いの手を差し伸べてはくれなかったのだ。

母の実家は資産家ではないから経済的援助は無理だったけれど、心配して食料品を送ってくれたり落ち着くまで泊まりにおいでと声をかけてくれたのに、橘一族は、私たち親子を完全に無視した。

ひと月だけでいい、入金があるまでのひと月お金を貸してくれないかと、父は頼みに行ったが玄関先で断られたそうだ。

恐ろしいほどの借金の山に、助ける力があるはずの親族の冷たい仕打ち……。

あの時期を思い出すと、悔しさと悲しさで胸が張り裂けそうになる。

小さなアパートを借りて夜逃げ同然で引っ越しをして、父はぎりぎりまで金策に回り最後は怪しいところからもお金を借りたらしい。鳴り止まない電話と怒号。私の就職先にまで借金取りは来た。

耳や目を塞ぎたくなる日々の中、私は自分になにができるか考えて。たどり着いた先が我が身を売ることだった。

それでも十億を超えるお金を用意はできないだろうが、ほかの方法は思い浮かばない。どうせ地獄なら、いっそ底まで落ちてやろうじゃないのと、開き直っていたのもある。

いよいよと決意した矢先に現れたのが龍司だったのだ。

『橙子、龍司だ。いるんだろ』

龍司がひとりでアパートの玄関前に立っていた。

ふたりで向かった居酒屋で龍司は『俺が助けてやる』と言った。

『ほっといて』

『つまらない意地を張ったところで、お前が億の金を用意するのにどれくらいかかると思ってるんだ』

『そんなのわかってる。でも、どうしようもないの』

だからって、龍司にだけは頼りたくなかった。

『バカなのか？　俺が客になってお前を買うと言ったら断れないんだぞ』

ははっと顎を上げて龍司は笑った。

『どうせ買われるなら一緒だろ』

龍司……。

もし優しい言葉だけだったなら私はすがったりしなかった。

彼の吐いたセリフは甘さなんかなくて、どこまでも現実的で、なけなしの私の意地はポキッと折れた。
彼は必ず言った通りにする。
余りあるお金に物を言わせて私を買い取るだろう。
わかったよ龍司。どうせなら、綺麗なままの私をあげる。
そう思った。
でもね。せっかく助けてくれるのに、どうしてあなたじゃ嫌だったのかわかる？
龍司、あなたはね、私の初恋の人だったんだよ。

そう遠くないつらい記憶が蘇り、胸が苦しくなる。
ソファーの背もたれに体を預け、高い天井を見上げながら大きく息を吸ったとき、
スマホが鳴った。
手に持ったままのスマホを見ると母からだった。
『橙子！　大変よ。お、お父さんが』
いきなり話し始めた母の声が震えている。
「え？」
『き、救急車を、呼んだの、あ、あぁ』

「お母さん！」

父が黒い血を吐いて苦しんでいたという。

本人の意識はあって『心配ない』と言っていたらしいが、おなかを抱えながらゲホゲホと咳き込み血を吐いたというのだ。

以前にも同じようなことがあった。そのときは胃潰瘍と診断されたけれど、今回も同じとは限らない。

取る物も取り敢えず、父が救急車で向かったという病院にタクシーで駆けつけた。

「お母さん」

母は救急用の待合室にいた。

「ああ、橙子。たぶん、また胃潰瘍だろうって。正確には検査してからって言われたけどね」

思ったよりも母が落ち着いていてホッとした。

「ごめんね。血を見たらびっくりしちゃって」

「驚いて当然だよ。吐血なんて普通じゃないもの」

命があるだけでも正直私はうれしい。ここに来るまでのタクシーの中でずっと恐怖に震えていた。もしかしたら父はこのまま……と、恐ろしい想像ばかりしていたから。

でも安心はできない。胃腸はストレスが大きく影響するという。もしかしてまたなにかあったのか。

「お父さん最近の様子はどうだったの？」

「ずいぶん明るくなってきたし、落ち着いていたんだけど。無理していたのかもしれないわね。このままじゃいけないって、焦っているみたいだったから」

テーブルに肘をつき母は額に手をあてる。

ため息は重たく澱み、頬にかかる後れ毛が母の心労を思わせた。

かわいそうに、母にばかり負担をかけて申し訳ない。これで母まで倒れてしまっては私もどうしていいかわからなくなる。

父は事業が失敗し会社が倒産した直後、高熱と目眩に襲われ倒れている。心労からかその後も胃潰瘍を患ったりと体調には不安を抱えたままだ。

龍司に助けてもらって生活も落ち着き、しばらくは健康を取り戻すのが先決だと、家でのんびりするよう私と母で頼んでいたが、最近はコンサルタントのような仕事を始めたようだ。

両親の生活費は実質龍司に頼っているようなものだから遠慮があるのだろう。

父は少しずつでも返したいと言っていた……。

「どうしてもがんばっちゃう損な性格なのよね、お父さんは」

そこが父のいいところとはいえ、家族にとっては不安でしかない。

「お母さん、私しばらくこっちにいるね。病院にも付き添うよ」

「え？　ダメよ龍司さんは？」

「龍司は海外出張でいないの」

心配をかけたくなくて、龍司がもう半年もの間日本にいないとは両親に伝えていなかった。

両親は私と龍司が契約結婚だとは知らない。あくまで恋愛結婚だと信じている。そう言わなければお金は受け取らなかったと思うから、嘘をついたのだ。

「来週には戻るけど、それまでは平気よ」

「そうなのね」

途端に母の顔が明るくなった。気丈に振る舞っていても心細かったのだろう。

「それじゃ橙子、お父さんが病室に移ったら、私いったん帰って着替えとかいろいろ持ってくるから看ていてあげてね」

「うん、わかった。任せて」

こんな状況ではあるものの、久しぶりに親子三人で過ごせると思うとうれしかった。なにしろ慌ただしい中で結婚が決まり、落ち着く間もなく家を出てしまったから。

それからしばらくして、父は病室に移った。

「じゃあ、お母さん行ってくるわね」

「はい。気をつけてね」

入院の準備のために家に帰る母を見送って、ベッドを振り返り父の様子を見る。

薬の力で寝ている父は痩せてしまったが、寝顔は安らかだ。

事業に失敗して倒れたときの父は、眠っていても苦悶の表情を浮かべていて、見守る母も私も涙が止まらなかった。

でも今の父の面差しに苦しみの影はない。

この病室が、あのときのような大部屋ではなく個室であるのも、父がここまで立ち直れたのも、すべて龍司のおかげだ。

龍司には心から感謝している。

結婚を決めたとき、私はいい妻になろうと心に誓った。感謝も愛情に変えて、彼に尽くそうと——。

それなのに、私のなにがいけなかったのかな。

どうしてこうなってしまったんだろう。

危うく気分が落ち込みそうになり、ハッとして顔を上げた。

ダメダメ考え込んじゃ。私がしっかりしないとね。

ジッとしているとどうしてもマイナス思考になってしまう。膝を叩き、勢いよく立ち上がった。

軽くストレッチをして空を見上げると、青い空に一筋の飛行機雲が見える。

ひとしきり空を見つめ気分転換をしたところでベッドを振り返り、落ち着いた父の寝顔を見届けて、売店に行ってみようと思い立った。


売店は混み合っている。

寝間着にカーディガンを羽織った患者やお見舞いの人。病院ならではの一種独特な雰囲気の中、お茶とコーヒーをいくつか買ってレジ前から離れようとしたとき。

「あっ」と思わず声が出た。

振り返ると懐かしい顔があった。彼は大学の同級生、冬野《ふゆの》幸人《ゆきと》。

「橙子じゃないか」

「うわ、偶然ね」

懐かしさに笑みがこぼれる。

笑ったような優しげな目もとも、好男子という雰囲気も当時そのままに、彼は私に笑顔を向ける。

「今日はどうしたの？　僕は母が骨折で入院していて」

幸人が持っている買い物カゴを見れば、私と同じようにペットボトルが数本入っている。

「私は、父が胃潰瘍で」

「そっか。お互い大変だね」

彼の家は母子家庭だった。おまけにひとりっ子だったはずだから、いろいろと大変だろう。

彼の母もちょうど寝たところらしく、私たちは待合スペースに腰を下ろした。

「変わらないなぁ橙子は。相変わらず美人だ」

「やだなぁ、口がうまくなっちゃって」

でもそんなところも彼らしい。冗談半分でいつも私を励ましてくれたから。

「お仕事休んだの？」

平日の昼過ぎなのに彼はスーツ姿ではない。セーターにコートを羽織りデニムのパンツという休日スタイルだ。

「今日は代休。双来《そうらい》商事に就職してね。実は先月日本に帰ってきたばっかりなんだ」

双来商事といえば、タチバナや桐ヤマと肩を並べる総合商社だ。入社難易度は相当高かったはず。

「すごいじゃない。幸人は優秀だったから当然だけど」

彼は照れたように微笑んで、瞼を伏せる。

「それで、どこに行っていたの？」

「中東へ半年行ってた」

思わぬ単語に驚いて視線を泳がせた。よりによって中東とは。

龍司と同業者なうえに行き先が中東ならば、幸人も同じエネルギー関連の業務に携わっているのだろうか。

「橙子と会うのは、一年ぶりくらいになるのかな」

「そうだね」

一年と少し前、当時住んでいた家の近所で彼とは偶然すれ違っている。

その頃父は、倒産を避けるために金策に走り回っていた。

資金繰りのため私たち家族がそれまで住んでいたマンションを手放し、私の名義で小さなアパートを借りた。

幸人とすれ違ったときは、両親と三人で、マンションから最低限度の荷物を持ってアパートに向かうところだった。荷物よりも重い気持ちを携えて。

いずれにしろ、そんな事情を彼は知る由もない。すれ違いざまに軽く挨拶を交わしただけなのに、覚えているとは意外である。

「あのとき一緒にいたのはご両親？」

「そう」

彼は確か、同僚と思われるスーツ姿の男性数人と歓談しながら歩いていた。

「橙子、結婚したのか？」

ふいを衝く問いかけにハッと息を呑み、無意識のうちに左手を隠そうとしたが、彼の視線はすでに私の結婚指輪にあった。

「ええ、そうなの……」と、思わず口ごもる。

結婚を隠したいわけじゃないが、なんとなく、同業者の彼に夫が桐山龍司だとは知られたくなかった。桐山龍司といえばどんな立場の人間かわかるだろうし、私たち夫婦の微妙な関係を気取られたくはない。

大学生の頃、私と幸人は親しい友人だった。

彼は聞き上手で、一緒にいると不思議なほど自分らしくいられた。飾らず気負わず、ときには泣きながらバイト先での愚痴を聞いてもらったりした。

そんな彼に龍司との馴れ初めや結婚生活について聞かれたら、うまくごまかせる自信がない。口にすればうっかり愚痴のひとつも言ってしまいそうで、話を逸らすべく質問を返した。

「幸人は？　結婚していないの？」

「独身だよ。恋人もいない」

「そうなの？　モテるでしょうに」

彼はスラリとしたイケメンだ。穏やかで口調もやわらかく学生時代も女の子に人気があった。『幸人くんて、彼女いるのかな？』と、よく聞かれたものだ。

「転勤が多くて、恋愛する余裕もないな」

「そっか、商社マンじゃ腰が落ち着かないもんね」

「うん」

懐かしいな。幸人の優しげな横顔を見ると、がんばっていた頃の記憶が蘇る。

大学生の私はアルバイト三昧だった。

私が高校三年生のとき父はタチバナ物産を辞め、新しく事業を始めるために家屋敷も手放し、決死の覚悟で借金を背負い東奔西走していた。

そんな父を自分なりに応援したくて、私は両親の反対を押し切り、蒼山ISを辞めたのである。

蒼山ISは行事が多く学費以外にもなにかと費用がかかる。あのままいれば数カ月後には卒業だったが、着飾ってダンスをするプロムを控えていた。そのためのドレスも贈り合うプレゼントも私には無駄にしか思えなかったし、それ以上学校に通う意味を見出せなかったのだ。

学歴なら自力で掴める。バイトをしながら高卒認定試験を受け、自分の力で大学を卒業すると決め、奨学金で大学に進学。在学中も空き時間はバイトに費やした。

カフェの店員に家庭教師にコールセンター。つらいこともあったけれど、働くのは嫌いじゃないし、どんなバイトも楽しかった。

かけ持ちのバイトのうち、弁当屋で一緒だった幸人は、専攻した学部も自力で学費をまかなっているところも私と同じで、自然と親しくなった。

単発で割のいい仕事を紹介してくれたり、励まし合ったり、幸人は私にとって元気をくれるビタミン剤のような存在だったんだと思う。

「ずっと心配していたんだ。橙子はどうしてるかなって。連絡取りようがないし」

「ごめんね」

卒業できる見込みが立ってから、私はほとんど通学していない。ちゃんとお別れも言えないまま、彼との連絡手段だったSNSもやめてしまった。

就職して三年間は無我夢中で必死に働いていたのもあり、そのまま忘れていたが、彼にはなにかとお世話になったのに申し訳なかったと思う。

「でも、結婚したのなら、もういろいろ落ち着いたの？」

ふとその言葉が気になった。それはどういう意味だろう？

いろいろ相談したとはいえ、我が家の具体的な事情までは話していない。橘という名字は特に珍しいわけじゃないし、父の事業については知らないはずなのに。

「あの……、落ち着いたっていうのは？」

「実はさ、気づいていたんだ。君のお父さんタチバナ物産の代表だった方だよね？」

「えっ……、知っていたの？」

「お父さんの顔は業界紙で知っていたから、すれ違ったときに気づいた」

少し困ったように眉を落とした彼は、ポツポツと話し始めた。

「タチバナを去ったお父さんが始めたTaba商事が倒産したのも、同じ業界だから、噂で聞いたんだ」

「そうだったの」

彼は驚くほど正確に父が置かれた状況を把握していた。

父がタチバナを去った表向きの理由は父が推し進めていた事業の失敗となっている。それなのに幸人は裏に隠された身内によるお家騒動という事情も、現社長の伯父に追い出された経緯まで知っていたのだ。

でも、今の話はあくまで噂に過ぎない。私が認めたら噂ではなく事実になってしまう。

「私は詳しく知らないのよ」

言葉を濁した。伯父たちへの不満は、他人に言うことではないから。

「今は、その――。大丈夫なのか？」

「うん。おかげさまでもう全部清算できた。父も最近はコンサルタントみたいなフリーの立場で動き始めたみたい。まだ慣れないから苦労しているとは思うけど」

「そうなのか。それならよかった」

「ありがとうね、心配してくれて」

「しかし酷いよな。同業とはいえ桐ヤマ商事のやり方にはうんざりする」

耳を疑った。なぜここで桐ヤマの話が出てくるの？

「裏でタチバナ物産の現社長とつるんで、橙子のお父さんを追いつめたんだろう？ Taba商事の倒産だって、桐ヤマの社長が裏で銀行に圧力かけたらしい。おかしいと思ってたんだ。Taba商事は黒字倒産だったし」

背筋がひんやりと凍りつく。

「黒字倒産って？」

「支払手形の決済がずれた場合、黒字状態でも倒産は起きるんだよ。成長期はどうしても金が必要になる。仕入れなきゃいけないからね。でも、支払期日は動かない。だから現金が物を言うんだ」

父に現金はなかった。借金までして会社を興したんだもの。

「桐ヤマの社長と橘の伯父が、父を？」

「ああ、噂ではね、そう聞いてる。桐山一族に目をつけられたら悲惨だなって」

「一族？」

とっさに聞き返した。

「社長の息子、桐山龍司はエネルギー関連の本部長なんだけど、やり方が強引でね。アラブの王族と親交が深いらしく派手だし、とにかく評判が悪い」

「そう、なの」

愕然として、そう答えるのが精いっぱいだった。

龍司が……桐山家が父を。まさかそんな――。

動揺を隠すため窓の外に目を向けると、ゆっくり歩く女性と、彼女を抱えるようにして付き添い歩く男性が見えた。

ふたりとも高齢のようだが、仲のいいご夫婦なんだろう、温かい空気に包まれている。

私と龍司は二十年後、三十年後と、どうなっているのかな……。

ぼんやりとそんなことを考える。

「橙子のお父さんも胃潰瘍になるくらいじゃ、まだ心配が絶えないのかな」

「え？　あ、ああそうね。でも大丈夫よ」

それからは他愛もない話が続いたけれど、私の耳には入ってこなかった。

真偽はともかく、幸人の話があまりにも衝撃的すぎたから。

私は龍司の実家に受け入れられていない。

でも当然だと思っていた。結婚相手なんて選び放題であるはずの御曹司が、わざわざ多額の借金しかない没落した家の娘を嫁にするのを喜ぶ親なんていないだろう。

私の父は龍司に何度も聞いていた。

『ご両親は結婚に反対するだろう。本当に大丈夫なのかい？　無理しているんじゃないのかい？』

龍司は笑顔で答えた。

『俺は橙子さんと結婚がしたいんです。親は関係ありません。金は自分で働いた金ですからどう使おうと俺の自由です。大丈夫ですよ、お義父さん』

龍司、本当なの？

私たち家族が、桐山家のせいで苦しんだなんて。そんなこと――。

＊＊＊

タクシーを降り、コートの襟を立てた。

東京の三月は春というより冬に近い。ドバイの熱にあたっていたせいか、通り抜ける風がやけに冷たく感じる。

ドバイに発ったのは去年の秋で、あの日も寒い風が吹いていた。

我が家の前に立ち、あれから半年経つのかと感慨深く思う。

無我夢中で仕事に明け暮れていたせいか、短いようにも感じるし、半年前が途方もなく遠く思える複雑な気分だ。

インターホンを押そうとしてやめた。自分の家なのだ、遠慮はいらない。

防犯を重視した高い門を開けて敷地に入り、夜ならばセンサーライトがつくはずのアプローチを進む。

綺麗に手入れがされている庭には半年前にはなかった色とりどりの草花が咲いている。きっと橙子が楽しんでいるのだろう。

玄関の前に立ち、いよいよ橙子に会えると思うと胸が弾んでくる。

そんな自分に我ながら苦笑して鍵を回した。

俺が門を開けた時点で、中にいるはずの彼女にはわかるはずだ。出迎えを期待したが——。

「ただいま」

玄関の扉を開けても橙子の声はない。

廊下を進み、「橙子」と声をかけながらリビングを通り首を回したが、家の中は静まり返ったまま、彼女の姿はどこにも見あたらなかった。

帰国前に帰るとメッセージを送ってある。

【わかりました。気をつけて帰ってきてね】と簡単ではあるが返事はあった。

出かけているのか？　昼過ぎには空港に到着すると伝えてあるから家にいてもよさそうだが。

時計を見れば夕方の五時だ。

まっすぐ社に寄って、取り急ぎの用件を済ませてこの時間になってしまった。遅いからと言ってへそを曲げたわけでもないだろうし、買い物にでも出かけたか。

気を取り直しバッグから橙子への土産を取り出した。

彼女の細い手首に似合うだろうゴールドのブレスレットをリビングのテーブルの上に置こうとして、ふとメモに気づく。

【お帰りなさい。

父が体調を崩し、心配なのでしばらく実家にいます。　橙子】

すぐさまスマートフォンを手に取り、彼女に電話をかける。

呼び出し音は十回。いい加減切ろうとしたところで橙子は電話に出た。

『はい』

「親父さんは大丈夫なのか？」

『ええ、胃潰瘍で入院していますが。ただちょっと、母も寝込んでしまって……。心労のようです』

恐ろしいほど他人行儀な物言いに、電話口でため息が漏れそうになる。

「そうか。それは大変だな。お見舞いに行くよ、どこの――」

『いえ大丈夫です』

言葉を遮られた。

他人行儀な物言いはいつものことだが、こんな反応は珍しい。

『ごめんなさい。実はまだあなたは帰国しないと言ってあって』

橙子は言いにくそうに声を落とす。

『そうじゃないと看病させてくれないものだから……』

なるほどな。両親が俺に遠慮するからというわけか。

「わかった」

『ごめんなさい』

「それで？」

俺にどうしろと？

お前はどうするんだ。とりあえず帰るのひと言もないのか？

『ハウスキーパーさんには連絡しておきますね』

「いや、大丈夫だ。それより一度会おう」

『えっと……』

戸惑う声が鼻につき、思わず眉間に皺が寄る。

なんとか気持ちを取り直し、ひと呼吸おいて息を整えた。

橙子だけが悪いわけじゃない。半年もの間ろくに連絡もせずにいた俺も悪いのはわかっている。

「電話越しの話だけじゃ済まないだろう？」

『わかりました。あらためて連絡します』

もやもやを残したまま電話を切った。

最後まで帰るとは言わなかったな。

とりあえず橙子の父の口座に見舞い金を入金しようと思ってやめた。彼女と会ってからでも遅くはない。

「はぁ……」

スマートフォンを投げるようにソファーの上に置き、額に手をあてる。

さて、これからどうするか。

実家に帰ってもいいが、橙子はどうしたと母に聞かれるのも面倒だ。

久しぶりに行きつけのバーにでも行くとして、まずは湯船にゆっくり浸かり、タブレットで久しぶりの日本で起きているニュースでも読むか。

その前に少し休もう。

体を放り出すようにしてソファーに座った。

座り心地にこだわっただけあって、ちょうどいい塩梅の圧力で体が包まれる。

やっぱり我が家はいい。

ここにはほとんど住んではいないのに、しみじみとそう思った。

橙子がいれば、最高なんだが……。

知らず知らず疲労がたまっていたんだろう。少しのつもりが気づけば夜の九時までしっかりと爆睡していた。


夕食ついでに向かった先はレストランバー『水《みず》の夢《ゆめ》』。

渋谷《しぶや》の裏路地、雑居ビルの五階にあるこの店には看板がない。

人見知りが強いマスターが作る料理は絶品で、会員制だから気兼ねなく来られるのもいい。

ドアベルを鳴らしながら扉を開けると、カウンター席にいる知った顔が振り返った。

女受けのいいやわらかい笑顔で手を上げるのは、店の常連で親友の水越《みずこし》明良《あきら》。

彼とは幼稚園からの付き合いになる。

この店の近くで気ままなひとり暮らしをしている彼は、やや年上のマスターと幼馴染みというのもあって、ここを自分の台所のように思っているらしい。俺にこの店を教えてくれたのも彼だ。

「久しぶりだな。どうだ、半年ぶりの東京は」

「寒く感じるよ」

フッと笑う明良の隣の席、脚の長いバーチェアに腰を下ろす。

「それはどっちだ。体か？　それとも心か」

どちらかといえば心だが、それには答えず肩をすくめておいた。

帰ってきて早々に店に食事に来る時点で、家庭内不和を疑っているのだろう。

「ここは変わらないな」

棚に並ぶボトルも吊り戸棚からぶら下がったグラスも、お通しで出された乾き物も半年前と同じ。

中東での生活が夢だったような錯覚になる。

「なに言ってんだ半年くらいで。でもまあ、水の夢はこの先もずっと変わらないぞ。なぁマスター」

ヒゲのマスターが薄く微笑む。

「変わっちゃ困る。マスターが作る燻製、やっぱうまいわ。ドバイじゃ食えないからな」

久しぶりの日本と聞いて、マスターも気を遣ってくれているんだろう。珍しく醤油の味付けの煮物や、だし巻き玉子を出してくれた。

「橙子はどうしたんだ？　家に置いてきたのか」

彼は幼稚園から俺や橙子と同窓だから、橙子をよく知っている。ついでに言えば俺たちが結婚した経緯もなにもかも。

「あいつは実家だ。親父さんが入院してるらしくてな」

俺はひと通り事情を話して聞かせた。

「見舞いにも行けないし。俺は相当嫌われているみたいだぞ」

ハハッと自嘲する。

「結婚して以来、ずっと他人行儀だしな」

「でもなぁ。結婚したときは、橙子もまんざらではなさそうだったぞ？　なにか誤解があるんじゃないのか？」

「さあな。中東にいた間、ろくに連絡も取っていなかったし」

明良があきれたように眉をひそめて振り向いた。

「おいおい、子どもの頃から橙子一筋のくせになにやってんだ」

だからだよ。

半ば強引に手に入れた手前、覚悟はしていた。

だが実際目にした彼女の涙は、予想をはるかに上回るほど衝撃的だった。橙子の悲しそうな表情や涙が脳裏に焼きついたまま、ずっと忘れられないでいる。

「泣かれてさ。ああ、やっぱり俺じゃダメなのかってな」

手も足も出ないほど、俺はあの涙に打ちのめされた。

「まったく、無敵で通すお前がなに言ってんだか」

「無敵なもんか。アラブの王族の落としどころはわかっても――」

クスッと笑った明良がため息交じりに言った。

「橙子の心だけは、簡単に掴めないってか？」

橙子が蒼山ＩＳから姿を消したのは高校三年の秋。

イチョウが舞う黄金の絨毯を歩いていく彼女のうしろ姿を、俺はよく覚えている。

『もう帰るのか？』

橙子を避けるようになって三年近く、その頃俺たちはすでに会話らしい会話を交わしていなかったが、その日は、なんとなく気になって声をかけた。

『うん。ちょっと用事があってね』

『そうか。気をつけてな』

いつになく素直に言えたのは、橙子の影が薄く感じたからだった。

『ありがと、バイバイ』

フッと口角をゆがめ右手を上げた彼女をさらうように、冷たい秋風が吹き抜けた。

あのとき感じた不安はあたっていたのだ。

橙子が蒼山ＩＳを去ったと知ったのはその数日後。あの日以来、彼女は高校に来ることはなかった。もともと頭がよかったから高卒認定を取得し、奨学金で国立大学に進学している。

タチバナ物産を辞めた後、彼女の父が会社を立ち上げ順調に実績を上げていると聞き少し安心はしていた。

橙子には嫌われているとわかっていたから手は出せない。

それでも未練がましく、橙子に関する風の噂を俺はいつも追いかけていた。大学を卒業して桐ヤマ商事で働き始めてもなお、常に心のどこかで橙子を気にかけていた。

事態が動いたのは、今から一年ほど前だったか。

当時ニューヨークにいた俺の耳に、彼女の父が事業に失敗したという噂が届いた。

俺は橙子が心配で、明良に調べてもらうよう頼んだ。

明良の親族が経営している警備会社は、場合によっては探偵まがいの仕事も受ける。現状把握と保護を依頼した。

なにしろ明良は、幼少期から俺が橙子一筋なのを知っている。『それは心配だな』と、快く引き受けてくれた。

俺が帰国して間もなくだ。

『橙子の様子がおかしい』

明良からそう報告があったのは、ちょうど雪が降る二月の寒い夜だった。

『橙子の勤め先に借金取りが現れて、退職を余儀なくされたようだ』

『それで今は?』

『両親と下町の小さいアパートにいる』

つい先ほど、橙子は風俗が並ぶ夕暮れの路地に入っていったという。

機転を利かせた警備員が騒ぎを起こし、その騒動で気がそがれたのか橙子はアパートに戻ったというが、予断を許さないその話を聞いて、俺は迷わず駆けつけた。

時刻は夜の九時を回っていたが、寿司折やら食料を山盛り持って、薄い街灯が灯る路地裏に入り警備員を捜した。

『あちらです』

警備員が指差すアパートを見上げた俺は、ショックのあまり喉の奥が締めつけられ言葉を失った。そこまで追いつめられていたとは夢にも思わなかったから。

階段を照らす電球は今にも切れそうにチカチカ瞬き、染みだらけの壁は触れただけで崩れ落ちそうな二階建てのアパートだった。

一歩一歩ギシギシと音を立てる不安定な感触の階段を上った先、二階の手前の部屋でひっそりと、橙子は両親とともに暮らしていた。

『橙子、龍司だ。寿司持ってきたぞ』

覗き窓にしっかりと顔が映るように立ち返事を待った。

『どうして、ここがわかったの？』

チェーンをつけたまま細くドアを開けた彼女は、不安そうに俺を見た。

顔を見て、とにかくホッとしたのを今でもよく覚えている。

安心させ手土産を渡し、とりあえず外で話をしようと連れ出して、ふと目についた赤提灯が揺れる飲み屋に入った。

テーブル席が十くらいだっただろうか。焼き鳥の脂ぎった煙が染みついた店内は結構賑わっていたと思う。

『とりあえず付き合え。酒は飲めるんだろ』

橙子がうなずくのを見て、ビールと焼き鳥の盛り合わせ。ほかにも適当に目についたものを頼んだ。

威勢のいい店員が『お待ちー』と声を張り上げて置いたビール瓶とグラス。

『お寿司ありがとう。ほかにもいろいろ……』

『いや、いいんだ。気にするな』

ビールをグラスに注ぐ俺を、彼女は挑むように睨んだ。

『それで、なに？』

疲れは見えるものの、生気溢れる輝く瞳は健在で俺は心底安堵した。腐っても鯛という言葉が浮かび、いや違う橙子は腐っちゃいないと否定したりしながら。

『とりあえず飲もう。喉がカラカラだ』

頼んだ料理がテーブルの上に並んでも、橙子は瞼を伏せてなにも言わずにビールを飲む。あんまり飲みっぷりがよかったもんだから『お前、酒に強かったんだなぁ』と、思わず感心したんだ。

『日本酒でも飲むか？』

左右に首を振った橙子は恥ずかしそうに視線を揺らして『喉が渇いていただけだから』と、うつむく。

『客が入ってるだけあって、うまいな焼き鳥。ほら食べろよ』

『ありがとう……』

彼女は竹串を指先でつまみ、肉のひとかけを箸で抜き口に運ぶ。椅子に座る姿勢はいいし、物腰はやわらかだ。橙子だけを見ていると、まるでここが上品な高級店のような錯覚に陥る。

だがよく見れば、化粧っけもなく髪はうしろにひとつでまとめただけ。量販店で売っているようなパーカーにダウンジャケットを羽織り、下はジーンズという彼女の服装は、焼き鳥の煙が染みついた店に合っていた。

俺がよく知る橙子はいつだってブランド物に身を包み、手入れされた艶やかな長い髪を下ろしていたのに。そう思うと胸が痛んだ。

それでも橙子は変わらずに綺麗でいい女だった。

ため息が出るほどにな。

なにを着ていてもどこにいても、世界一の姫に変わりない。

店内の酔った男どもがちらちらと見るのも当然だっただろう。まるで泥中の蓮のようだから。

『橙子、焼き鳥っていうのはこうやってかぶりつくんだぞ。郷に入っては郷に従うもんだ』

そう言って俺は、串についたままの焼き鳥をそのまま口に入れてみせた。

『えっ……。あ、うん』

『大学卒業して働いていたのって、どこの会社なんだ？』

『小さい建築会社――』

橙子はぽつりぽつりと話し始めた。

大学では経済学を専攻していたらしい。

卒業したら父親の会社で一緒に働きたいと思っていたそうだ。結局は共倒れを避けて、小さな建築会社の事務として就職し、三年と少し働いたという。

『辞めてしまったけれど、社長も同僚も最後までずっと応援してくれて、皆いい人だった』

まるで遠い思い出を語るように橙子は言ったが、詳しくは聞かなくてもわかる。真面目で性格もいい。毅然としているから女同士のいじめにも遭わないだろうし、美人ゆえに男どもの評判は間違いなくよかったはずだ。

『そうか』

他愛もない話の後、テーブルの上に並ぶ皿が半分以上空になってきた頃合いを見計らって、俺は本題を切り出した。

『俺と結婚しないか、橙子』

突然のプロポーズに、さすがに驚いたようで、グラスを手にしたまま、瞬きもしないで俺を見つめ返した。

『知ってるだろう？　ケツが青い子どもの頃から俺はずっとお前が好きだ』

『な、なに言ってるの。もしかして同情？』

『同情というよりは、正直お前の不幸につけ込んでる』

橙子がキッと俺を睨み、唇を噛んだ。

この状況で結婚を迫るのに、綺麗ごとを言ったところで始まらない。

『お前、体売ろうとしてないか？』

図星を突かれて、橙子の瞳が怯んだように揺れた。

『龍司には関係ないでしょ』

『この店をグルッと見回してみろ。ここにいるような見ず知らずの男だけじゃない。お前をよく知る同級生も、もと同僚も、噂を聞けばお前を抱きにいくだろう。アダルト動画に出ればお前の両親もいずれ目にするんだぞ』

みるみる橙子の顔がゆがむ。

『そんなのわかってる。でも、どうしようもないの』

『いやわかってない。お前は壊れるし、両親は今以上に絶望する』

そこまで言っても彼女は首を横に振った。

『バカなのか？　俺が客になってお前を買うと言ったら断れないんだぞ』

ははっと顎を上げて笑ってやった。

『俺が買う。お前を買って全部清算してやる。なにもかも片付けてやる。どうせ買われるなら一緒だろ』

うつむいていた橙子の瞳から、ぽたりと涙が落ちた。

橙子の父、橘氏は最後の最後に、闇金にまで手を出していた。

最終的には十億超える金がかかったが、俺にしてみれば安い買い物だ。助けるだけじゃなく、彼女が俺の妻になるというだけで有り金を叩いてもかまわないつもりだったから。

うちの両親が橙子との結婚に大反対だったせいで、盛大な披露宴はできなかったが、青山《あおやま》のレストランを丸一日借り切って友人に祝ってもらった。

俺たちの新居を買い、橙子の両親にもマンションを買って、ホッとした様子の橙子の肩を抱き、それだけで俺は十分だった。

彼女も笑っていたと思う。

だが、結婚してからやけに従順になった橙子の口は重たくなり、ようやくなにかを言ったと思えば『ごめんなさい』という謝罪の言葉になっていた。

それでもいつかは心を開いてくれるさと、自分に言い聞かせた。

宝物のように大事に抱いて、体を開けば心だって——。

あの日の涙を見るまでは、そう信じたんだ。

俺はなんのために、言いたいことを我慢したんだ。

『なぁ頼む橙子、俺と結婚してくれ』

本当はそう言いたかった。
でも言ったら橙子は負担に思うだろう？
だから理不尽な契約にした。
それでも、婚姻届を書くその瞬間まで、橙子は愛人でいいと言っていた。
『そのほうがいい。私を好きにしていいから。私の一生を龍司にあげるから』
違うんだ。俺が欲しいのはお前の体じゃない。
心なんだよ、橙子。それだけなんだ……。

◇信じていた

幸人から聞いた話が、あれ以来ずっしりと心にのしかかっている。

ひとりで抱え込むには重たすぎる悩みだし、なにか私の勘違いがあるかもしれない。

客観的な話も聞いてみたい気もして脚のマッサージをしてもらいながら、未希に相談してみた。

「未希、私、龍司にごまかされていたのかもしれないんだ」

「いきなりなによ。もしかしてドバイの指輪事件を気にしているの？」

「違う。そうじゃないの」

こんな話をできるのは未希しかいない。

未希も私と同じように実家が没落し、借金を返しながらマイナスからの再スタートという辛酸をなめている。だからこそ私たちは、心からわかり合える親友なのだ。

「父がタチバナ物産を辞めざるを得ない状況になったのは、桐山の義父、龍司のお父様のせいだったのよ」

「え？」

驚いたのだろう、マッサージをする未希の手が止まった。

「それだけじゃないの。父が始めた事業が倒産したのも、お義父様が銀行に手を回していたからだって」

「それ、本当なの？　噂とかじゃなくて？」

顎を引いて未希を見ると、彼女の綺麗な額と眉間に皺が寄っていた。

「父にも聞いてみたけど、否定しなかったんだ」

私が真実を父に確かめようとした際、父は言葉を濁した。

『桐ヤマだけじゃない。ビジネスの世界は敵だらけだ』

すっかり痩せ細ってしまった父は、すべては自分の責任だと微笑んだ。誰も恨んではいないよと。

『少なくとも龍司くんは関係ない。お前は彼を信じてあげないといけないよ。彼は助けてくれたんだ』

そう言われても、私はその言葉を鵜呑みにはできない。

幸人の話を信じるなら、桐ヤマが父を追いつめたのは一度ならず二度だという。龍司は関係ないとしても、知らないとは思えないではないか。

外部にいる幸人でさえ噂を耳にしているのだから。

「でも、どうして龍司の父親が、橙子のお父さんにそんなことを?」

「桐山とうちとは、ずっと昔から関係があるらしいんだ。そして、どうやら祖父の代から犬猿の仲だったって」

「え? そんな昔からの話なの?」

母に聞いた話を未希に聞かせた。

『お母さん、うちと桐山家にはなにがあるの? 正直に教えて』

言いにくそうにうつむいていた母は重い口を開いた。

『橘家は、何代も遡ると桐山家の分家にあたるのよ』

『分家?』

初耳だった。橘家は、旧華族という家柄だとは聞いてはいたが、それ以前の江戸時代まで話は遡ったのだ。

桐山家は大名家、橘家は桐山家の家老だったらしい。明治維新で藩はなくなり、ともに華族にはなったが桐山家は侯爵、橘家は子爵という爵位の違いもあったという。

『とにかく橘家は、桐山家に頭が上がらないの。そんな風習を変えようとしたのがおじい様だったらしいわ。でも、それは許されないことだったそうよ』

信じられなかった。

この令和の時代に、消えない主従関係があったなんて。

「じゃあ、今でもその主従関係が続いてるって言うの？」

「うん……」

「そういえば橙子。まだ桐山の家には――」

私はきゅっと口を結んでうなずいた。

桐山家には、結婚の挨拶に一度足を運んだだけだ。

それ以来一度も行っていない。お義母様は旅行のお土産などを持って時々家に訪れてくれるけれど、お義父様とはいっさいの付き合いがない。拒絶されたままで、正月の挨拶すらしていないのだ。

横たわった私の足もとのほうに移動した未希のため息が聞こえた。

「父は橘家でも分家だし、桐山家も橘の一族も、父が表舞台で活躍するのは許せないんだそうよ」

「なんなのそれ、時代遅れも甚だしい！」

「まあそうなんだけど……」

昔の話だと憤っても、どうにもならないのだ。

「ところで橙子、誰に聞いたのよ、そんな話」

「ああ、大学時代の友だちに偶然会ったの。彼も商社にいて、業界では有名な話らしい」

「ちょっと待って。どうして友だちが橙子を傷つけるような話をするの？　おかしくない？」

「違うの。彼は知らないから。私が桐山龍司と結婚したって」

未希は納得できないようだったけれど、幸人は私が龍司と結婚したのだと知っていれば言わなかったと思う。優しい人だもの。

「おかげでいろいろと納得できたよ。話が聞けてよかったと思ってる」

桐山家が私を嫁として受け入れない理由は借金だけじゃなく、もっと根深いところにあった。知ったところでどうにもならないが、知らないよりはよかったと思う。

「ただ私、どうしたらいいのかなってね、考えちゃうんだ。その辺の事情を龍司がまったく知らないとは思えなくて」

「うーん」

未希も迷うのだろう。唸ったまま答えが返ってこない。

「せめてお金だけでも返せればいいんだけど、それも難しいし」

というか、十億なんて大金返しようもない。

「橙子……」

「実はね、龍司が帰ってきたんだ。父のお見舞いをしたいって言ってくれたんだけど、断ったの。そしたら、とりあえず会おうって言われて――。でも、正直どんな顔していいのかわからなくて」

会うのが怖いんだよね。そうつぶやいて瞼を落とす私の様子を見かねてか、未希が声を荒らげる。

「せめてさ、いっそドバイで正体明かして詰め寄ればよかったね。まったく龍司のやつ」

あの指輪をもらったときね、と苦笑した。

「でも私はほら、借金で買われた身の上だし。浮気されても文句は言えないから」

言った先から後悔した。こんな投げやりな発言を聞かされても、未希を困らせるだけなのに。

「ごめん」と謝ると、ふいに龍司の顔が脳裏に浮かんだ。

『謝ってばかりだな。謝ってほしくて結婚したんじゃないぞ』

マッサージを終えて枕もとに来た未希は、ポンと私の肩を叩く。

「橙子、気にしないで。私の前ではなんでも言っていいんだよ。あんたはずっと苦しんできたんだから、吐き出さないと壊れちゃう」

「ありがと」

「家同士の話はさておき、ドバイの指輪事件だけど、シンプルにハンカチを拾ったお礼をしただけかもしれないよ？　誘われてはいないでしょ？」

「それは……」

否定はしないが、さりとて肯定もできない。私が有無を言わさず足早に去ったから、誘えなかっただけかもしれないもの。

「私の知る龍司は本当にあんたしか見えていなかったし」

「中学まではね。でも高校からは違うんだよ？」

「本当にそうなの？　勘違いじゃなくて？」

「うん」

なにがきっかけかはわからない。気づけばそうだった。

「ぷっつりと寄りつかなくなったんだよね。ほかの女の子と一緒にいるようになって。龍司は変わったんだ」

「そっかー。ところでさぁ、橙子は龍司をどう思ってたの、あの頃。龍司のこと嫌いだった？」

「ううん。別に、嫌いじゃなかったよ」

私は龍司を嫌いだったわけじゃない。

皆に冷やかされるのが嫌でそぶりにも出さなかっただけだ。

中学生になっても相変わらずちょっかいを出してきて、デートしようとまとわりついたり、ほらお前チョコレート好きだろうと差し出してきたり。彼の強引すぎるところにも抵抗があったから、私はその都度逃げ回っていた。

でも態度とは裏腹に、心は惹かれ始めていたのだ。

スポーツ万能でバスケットでは得点王。サマースクールで行った乗馬もお手のもの。

授業中はよく寝ているくせに数学なんていつも学年でトップクラス。

視線を感じて振り返ると必ず目が合って龍司はにっこりと微笑んだ。

いつだって私を気にかけてくれていて、優しかった。

路地で不良に絡まれたときも助けてくれた。

『大丈夫か、橙子。気をつけなきゃダメだ。今後は必ずタクシーを使えよ？』

それでも恋に落ちない女の子がいるなら教えてほしい。

私はいつの間にか龍司に恋をしていた。

これが初恋なんだと自分の気持ちに戸惑いながら、助けてもらったお礼に、誕生日のプレゼントを渡そうと決意した矢先だったのだ。いざ渡そうと思ったら、龍司は私に近づいてくることはなくなって、ほかの女の子と一緒にいるようになった。

平静を装っていたけれど、実は私、酷く傷ついていたんだよね。

恋を自覚した途端、失恋したんだもの。

「皆の前では嫌うしかなかったっていうか。なにかと冷やかされていたしね」

「そりゃそうだよね。思春期だもの」

「とにかく、彼が私を追いかけ回していたのは遠い昔の話。今は本当にわからない」

「なるほどね……」

はぁっと私は大きく息を吐いた。考えすぎたせいか息が苦しい。

「仮に、そうだとしたらさ」

目を細めた未希が意味深に口もとをゆがめる。

「よかったじゃん、橙子。龍司が橙子をずっと好きだったわけじゃなく、父親に加担していたなら、なんの遠慮もないわけだよね？」

「え？」

「橙子の人生をおもちゃみたいに蹂躙するような男なら――。やられたらやり返す。こうなったら復讐しちゃいなよ」

未希は不敵ににやりと笑った。

「ギャフンと言わせたってバチはあたらないと思うよ」

◇妻という宝石

半年ぶりに戻ったオフィスで、俺の執務室は今までよりも広い部屋に移動していた。

向こうで大きな契約をまとめてきた報酬というところか。

デスクのほかに、中央には応接セットがあるが、それでもスペースは十分に空いている。

窓横の隅にあるローボードの上にコーヒーメーカーを置いてもらった。秘書の女性社員にコーヒーを淹れさせる役員は多いが、俺は嫌だ。飲みたいときに忙しい社員をわざわざ呼びたくはないし、飲みたくないときに届けられたコーヒーはいざ口にするとだいたい冷めてしまっている。

まあどうでもいい話だが、執務室にいる間くらいは自由勝手でいたい。

さてコーヒーでも落とそうかと思って席を立ったとき、秘書の高村が入ってきた。

「奥様がお見えです。どうしましょう」

「え？　橙子が？」

まさかの来客に、俺は大きく目を見開いた。

なぜ橙子がこんなところに。もしや体調を崩したと聞いている彼女の両親に、なにかあったのだろうか。

「用件はなんだって？」

「いえ、理由についてはなにも。今、受付に見えていらっしゃるそうです。もしお時間がよろしければお会いしたいとのことですが」

次の会議までは一時間近くある。暇なわけではないが……。

「わかった」

「では」と内線をかけようとする高村に「俺が迎えに行く」と告げ本部長室を出た。

急に会社に来るなんて。どうしたんだ？

帰国から三日。幾度となく連絡をしようと思ったが、そのたびに呑み込んだ。一週間、いや五日は待ってもいいかと思っていたが、まさか会社に来るとはな。

廊下を歩きながら念のためにスマートフォンを見たが、橙子からの電話もメッセージの着信履歴もない。

エレベーターを降りてロビーに行くと、受付カウンターの前にいる橙子が振り返って俺を見た。

彼女はハッとしたように目を見開く。

「どうした？」

「あ、あの」と動揺しているところを見ると、俺が直接迎えに来るとは思っていなかったのか。

「とりあえず、俺の仕事場に行こう」

まだ状況を呑み込みきれていない橙子の腰を抱いて促した。

やわらかく甘い香りが鼻腔をくすぐる。

久しぶりに感じる橙子の温もりが、たまらないほどの愛おしさを湧き起こす。

さすがにキスをするわけにもいかないが。こんなときでもやっぱり胸が躍る。自分にあきれるほどだ。

俺はなぜ逃げ出したんだろう。愛する橙子を置いて。

結婚しても仕事に追われていて、しばらく橙子に触れることすらできなかった。

ようやく迎えた初夜、橙子が流した涙にやっぱり俺が嫌いなのかと愕然として、持ちかけられた中東行きを買って出てしまった。

たった一度橙子に泣かれただけで打ちのめされるなんて、あきらめが早すぎるだろうと、半年前の自分に言ってやりたい。

こうして彼女を前にすると身に沁みてくる。大事な橙子をひとりにしておくなんて、俺はバカだ。

「あの……。社員の皆さんが見ているわよ？」

橙子は困り果てたような表情で俺を見上げる。

「別にかまわないさ、お前は俺の妻なんだ」

にっこり笑って腰を抱く手の力を強めると、「ちょ、ちょっと龍司」と頬を染めて抗議する。そんなふうに戸惑う様子さえかわいくて仕方がない。

「気にするな」

エレベーターの扉に手をかけ橙子を中に誘った。

途中誰かとすれ違うたびに、橙子は申し訳なさそうに頭を下げていたが、俺の顔はおそらく緩んでいただろう。

エレベーターを降りて廊下を進み、桐山本部長取締役とあるプレートを指差した。

「ここだ」

本部長室に入り、「どうぞ」と応接セットのソファーを勧める。

「コーヒーでいいか？」

「大丈夫です。長居はしないから」

「まあそう言うな」

かまわず部屋にあるコーヒーメーカーのスイッチを押す。

橙子はなにを思うのか、座らずに窓際に向かった。

「運が良ければ富士山が見えるんだぞ。今日は霞んでいるから見えないが」

そのまま橙子の隣に立って、コーヒーができあがるまで窓の外を見つめた。

蒼山ＩＳでも、時々橙子は今のように空を見ていた。なにを見ているのかと聞くと笑って、『空を見ていると気分がすっきりしてくるの』と答えたが、今もそんな気持ちで見つめているのか。

コーヒーができあがり、カップを渡す。

橙子は「ありがとう」と受け取り、ようやく俺を振り向いた。

「それで、今日はどうしたんだ？　親父さんの具合でも悪いのか？」

「いえ。父はおかげさまでずいぶんよくなって」と、橙子は言い淀む。

「じゃあ、帰ってくるのか？」

「ごめんなさい。まだ帰れないの。今度は母がね、心労からだと思うんだけど目眩が酷いの」

特に表情を変えることもなく、橙子はぽつりぽつりとそう口にした。

「そうか。それは心配だな」

なるほど、帰れない宣言をしに来たのかと思いきや――。

コーヒーを飲んだ彼女は、おもむろに「働かせてほしいの」と、言った。

「え？　働く？」

意味がわからない。どうしてこの流れで急に働くなんて言い出すのか。

「どこで、どんな仕事をしたいんだ？」

「ここよ。桐ヤマ商事で働きたいの」

ますます混乱し「なぜ」と聞いた。

「少なくとも父が退院するまでは、夜母をひとりにするのは心配だから実家にいたいの。ただ、それでは申し訳ないので、昼間ここで働かせてもらえれば。あなたとも会えるし。もちろん正社員でとは言わないわ」

橙子の言い分をなんとか理解しようと思案していると、一歩前に出て、今度は「私決めたの」と言う。

そして俺に向き直り、不敵な笑みを見せた彼女は、思いがけない言葉を吐いた。

「あなたに復讐をしようと思って」

なに？

「お前が、俺に、復讐？」

「ええ」

まるで悪女のようにツンと顎を上げ、鮮やかに笑いながら、橙子は俺のネクタイを掴む。

「わからない？　あなたの胸に聞いてみたら？」

「じゃあな。お大事に」

「ありがとう」

橙子をタクシーに乗せ見送った。

やれやれ。いったいなにを考えているんだか。

どういう根拠をもとに復讐などと言い出したのかはわからないが、ここで働くことについてはとりあえずわかったと答えた。

さて、どうしたものか。

道々考えながら執務室に戻ると、待ってましたとばかりに高村が顔を出す。

復讐の話は省き、事情を説明すると、怪訝そうに首を傾げて聞いていた高村の眉がピクリと動く。

「奥様がここで？　働く？」

「ああ。本人は総務でもどこでも事務でいいと言っているが、そういうわけにはいかない」

「ええ、まぁ。そうですね……」

「とりあえず派遣会社経由で俺の秘書にしようと思う。前例はないが、それなら問題ないよな」

高村は即答せず、瞬きをしながら視線を落とす。

俺の妻が家に帰ってこないと、高村は知らない。ゆえに彼の頭の中には数々の疑問が湧いているはずだ。

家で話せばいいものを、なぜいきなり会社に来るのか。

しかもここで働きたいとは、どういう了見なのか。

俺たち夫婦はいったいどうなっているんだと、さぞかし混乱しているだろう。しばし悩んだ様子を見せたが、そこは俺が信頼する秘書。様々な疑問を呑み込んで、振り切ったような表情で顔を上げた。

「わかりました。人事部には伝えておきます。奥様なら本部長も安心して仕事を頼めるでしょうし」

「ああ、その通りだ」

高村が部屋を出るのを待って、明良にメッセージを送る。彼はうちと取引がある派遣会社の役員なので融通が利く。

【橙子がここで働きたいと言い出した。

お前のところの派遣会社に行くように伝えたから、よろしく頼む。

詳しくは水の夢で説明する。明良の都合に合わせるから言ってくれ】

さて次は、橙子の席をどうするか。

秘書室に置くかこの部屋に設けるかの二択だ。普通なら秘書室だが、橙子はそれでよくてもほかの秘書が気を遣う。かといって、この部屋では嫌がるだろう――が。

自分から言い出したんだ。それくらいは我慢してもらわないとな。

驚く橙子を想像し、思わずほくほくと頬が緩む。

しかし、あれはいったいどういうことだ？

『あなたに復讐をしようと思って』

それに続く――。

『わからない？　あなたの胸に聞いてみたら？』

身に覚えは、あるようなないような。中東に逃げ出して半年も放っておいた件を言っているのか。

考え込む俺を尻目に、ネクタイを直してポンポンと胸を叩いた彼女は『私がここで働けばわかるわよ』と言った。

言ってることはめちゃくちゃだが、いい目をしていたな。

いつものようによそよそしい敬語も使ってなかったし、結婚前のちょっと気の強い橙子に戻ったようだ。

やっぱり橙子はああでなくちゃと、気分上々になったところで高村が報告に来た。

「人事部には面接も必要ない旨伝えておきましたので、いつから来ていただいても大丈夫です」

「サンキュー」

「うれしそうですね」

高村があきれたように目を細める。

「まあな」

最高にうれしいさ。オフィスなら家で過ごす以上に一緒にいられるんだ。

復讐のひとつやふたつ、喜んで応じてやるさ。

明良から連絡があり、その日の夜、早速待ち合わせのバー水の夢に行った。

カランカランとドアベルを鳴らして入ると、カウンターにはすでに明良がいて、グラスを傾けていた。

「いらっしゃいませ」

平日の夜とあって客は少ない。離れた席にふたりいるだけだ。明良の隣の席に腰を下ろし、いつものようにマスターにメニューは任せた。

挨拶も早々に明良から報告を受けた。今日の今日だというのに橙子が派遣社員の登録に現れたという。

「橙子は何時頃行ったんだ？」

「お前からメッセージが来て間もなくだな」

明良は例によってピーカンナッツをつまんでいる。器を俺との間に移動させて、またひとつ口に入れた。

「はやっ、桐ヤマを出たその足で行ったのか。で、なんだって？」

「残念だが、俺は別件でいなくてな。伝えておいた通りうちの社員がごく一般的な手続きを済ませた」

「そうか」

とりあえず安心して俺もピーカンナッツを齧り、ビールで喉を潤す。

派遣の登録に行ったとなると気は変わってないんだろう。せっかく毎日会えるのを期待しているのに、やっぱりやめたではつまらない。とりあえずよかった。

「それで龍司、どうしてこうなったんだ。家には帰ってきたのか？」

「いや。その代わりらしい」

橙子に言われた通りを明良に聞かせた。

「ふぅん。両親の体調が理由か。納得できるようなできないような話だな」

「だろ？　それで〝復讐をしようと思って〟と言ったんだ」

「え、フクシュウって、あの仇討ちの復讐か？」

「ああ、たぶんな」

ギョッとしたように目を剥いた明良は、ゲラゲラと笑い出した。

そりゃそうだ。愛する妻に復讐すると言われたんだ。本人の俺だって笑えてくる。

俺の笑いは苦笑だけどな。

「俺のネクタイを掴んで『わからない？　あなたの胸に聞いてみたら？』って言うんだぜ」

「は、はぁ？」

明良はもう爆笑だ。くっくっく、と腹を抱えて話の続きを促す。

「それで、心あたりは、あるのかよ」

「ない」

「ないのか。そりゃないよな」

笑い疲れた明良がロックグラスに手を伸ばす。タイミングよくマスターが差し出した鮭トバをふたりでつまみ、香ばしさを味わった。

「意味不明だが、それでも久しぶりにうれしくなったぞ」

「ええ？」

「人形みたいになっちまった橙子が、ギラギラと瞳を輝かせて俺を睨んだんだ」

あれはよかった。あれでこそ俺がよく知る橙子だ。

爽快な気分で残ったビールを一気に飲み干し、明良と同じバーボンを注文する。

「なに笑ってんだ。龍司、お前も十分意味不明だよ」

ついさっきまで笑い転げていたくせに、明良は打って変わって訝しげに眉をひそめる。それにしても。

「なにを怒っているんだかなぁ」

差し出されたロックグラスを手に取って、氷を揺らしながら考えた。

誕生日にはプレゼント贈ったし、記憶にある限り失敗はないはずだが――。

どんなに見つめたところで琥珀色の液体に答えは映らない。ため息交じりにグラスを口に持っていくと、〝ある理由〟が脳裏をよぎった。

まさか……。

恐ろしい考えに背筋が凍ったが、例の件を橙子が知るはずがない。気のせいだと自分に言い聞かせ、ほろ苦いバーボンを飲み込んだ。

明良が「変だな」と首を傾げる。

「少なくともお前は橘家を助けたわけだし、俺の知る限り橙子は感謝していたぞ？」

俺もそうだと思っていた。

押しつけるつもりはないが、義理堅い彼女は必要以上に恩を感じていると思う。俺に対して従順すぎる態度に変わってしまったのはそのせいだろうし。

「復讐が冗談じゃないとすると。お前が日本を離れている半年の間に、なにがあったか、だな」

やっぱりそうなるよな。

「まあでも、そのうちわかるだろ。これから毎日顔を合わせるんだ。様子を見るさ」

明良があきれたようにため息をつく。

「うれしそうな顔をしやがって。しかし、お前も懲りないな」

「ほっとけ」

俺は一生橙子だ。バカにされようとからかわれようと関係ない。

マスターが、ごろんとした大きなジャガイモを差し出した。十字に割けた皮の真ん中に、塩辛とバターがたっぷり載っている。

どうやら今夜のメニューは北海道づくしらしい。

「へえ、塩辛か。おもしろい組み合わせだな」

早速口にすると、塩辛の旨味とジャガイモの甘さがバターで絡み合う絶品だった。

ふと、橙子にも食べさせたいなと思う。

「橙子を追いかけ続けて、高校の頃いったんはあきらめたはずだったよな？」

「よく覚えてるな、そんな昔話」

「そりゃ忘れないさ。荒れて大変だったからな」

明良に睨まれ、懐かしい話にハハッと笑う。

あれは中学の卒業間近だったたか。橙子が友だちと話をしているのをたまたま耳にした。

『橙子、いい加減、龍司と付き合っちゃえばいいのに』

橙子はからかわれていた。口ぶりの様子から、からかうのもこれが初めてではないと想像できた。

　俺はどう答えるか興味があって聞き耳を立てたんだ。

『やめて。本当に嫌なの！』

〝嫌〟という言葉がやけに心に突き刺さった。

　俺は彼女に嫌われていたんだと気づいた瞬間だった。

　それを聞くまで、橙子は照れているだけだと思い込んでいた。というか、そもそも俺は彼女の気持ちなど考えていなかった。

　我ながらあきれるほかないが、それが少年時代の俺だったから。

「あきらめたつもりだったんだけどな」

「だよな。きっぱり気持ちを切り替えたと思っていたぞ。ほかの女の子と遊び始めたし」

　明良の言う通り、それ以来俺は女をとっかえひっかえして連れ歩いた。

　俺を好きだという女といると楽だった。彼女たちは常に俺の顔色をうかがい、俺が嫌がることはしない。なにも考えなくてよかった。別に楽しくはなかったが、橙子を安心させるためだと思えば笑いもしたし、笑えば多少なりとも気はまぎれた。

　かといって橙子を忘れたことは一度もない。なにげない瞬間に気づく橙子への想い。

空虚な胸の内に虚しさだけが募った……。

「俺だって不思議だよ。どうしてこんなに橙子が好きなんだろうなぁ」

明良が左右に首を振る。

「もはや病気だな。お前は橙子病だ」

「勝手に言ってろ」

ふと思う。橙子はどんな男がよかったんだろう?

俺と結婚しなかったとしたら、お前はどんなやつの嫁になったんだ。

誰かの隣に立つウェディングドレス姿の橙子は、想像の中で幸せそうに笑う。

やるせない思いを振り切るように、一気に飲み干したバーボンのグラスの中で、溶けかけた氷がからりと音を立てた。


そして週明けの月曜日――。

橙子が再び俺の執務室に来た。

「今日から俺の秘書として働いてもらう。席はここだ」

入って右側の壁を背にして橙子の席を作った。俺の席から見れば左前方の位置になる。机同士の間は、人ひとりがぎりぎり通れるほどしか開いていない。

「えっ……。で、でも」

案の定困惑の表情を浮かべた橙子は、拒否するように手を前に出す。

「秘書だなんて、とても無理です！」

「ほかの社員がいる部屋に入ったところで、うまくいくと思うか？　俺の妻が隣の席にいたら困るのは周りの社員だ。わかっていただろうに」

「それはあなたが――。身元を隠してなら大丈夫かと思ったから」

頬を膨らませた橙子は、抗議するように俺を睨む。

なるほどな、そのつもりだったのか。

俺がロビーまで迎えに行って堂々と腰を抱いたりしなければ、あるいは素性を隠せたかもしれないが。残念だな、それはもう無理だ。

そもそも隠す気はないし。

橙子はまだなにか言いたそうに唇をゆがめたが、俺が肩をすくめると、しょんぼりとうなだれた。

「まあいいじゃないか。正直ここにお前がいてくれると俺は助かる。いちいち秘書を呼ぶほどじゃない雑務は山とあるからな」

隣に行ってポンポンと肩を叩き「さあ座って」と促した。

「秘書のほうが復讐にはいいだろう？」

俺を睨みキッと唇を結んだ橙子は、気を取り直したようににっこりと明るい笑みを浮かべた。

「今日からよろしくお願いします。桐山本部長」

「ああ、よろしく」

◇見えない真実

「お疲れ。明日もよろしくな」

「はい。お先に失礼します」

午後五時半。無事に秘書としての仕事を終えて、私は龍司の執務室を出た。

ふぅ。なんとか一日目が終わった。

今日の仕事はとりあえず、資料のまとめ。もとからあるデータに今年度分を追加して作るだけの作業なのでなんとかできたものの、内容については専門的すぎてさっぱりわからなかった。

執務室を出ると、別の意味で気が抜けない。

このフロアの人々は私を桐山本部長夫人という目で見ている。私のせいで龍司の評判を下げるわけにはいかない。背筋を緊張させながらすれ違う社員に頭を下げ、廊下を進む。

誰もいないエレベーターに乗って、ようやくひと息つけた。

「はぁー」と、思い切り息を吐く。

今日は未希のサロンに予約を入れてある。マッサージをしてもらって疲れを取り、明日に備えよう。

店まで歩いて行こうとして、龍司の言葉を思い出した。

『ドアツードア。移動には絶対にタクシーを使えよ。わかったな?』

帰りがけに龍司に念を押された。龍司の妻である以上、よからぬ人間に狙われるかもしれないと言うのである。

まったくもう、逐一うるさいんだから。過保護すぎるのよ。

とはいえ久しぶりに仕事をして疲れている。おとなしくタクシーに乗った。

それにしても、余計なことを言ってしまった——。

〝復讐をしようと思って〟

まさか龍司が受付まで直接迎えに来ると思わず、気が動転しちゃったんだわ。

私の腰に手を回し、まるでエスコートをするように歩いたりして、すれ違う人たちの視線が痛かった。

当初の予定では旧姓を使わせてもらって、総務的な事務職につき、働きながら情報収集をするつもりでいたのだ。

龍司は結婚後すぐに中東に行ってしまったし、桐山家に認められていない私は桐山龍司の妻として表舞台に立っていない。

彼があんなふうにしなければ誰にも気づかれずに済んだはずなのだ。それがまさか龍司の秘書になるなんて、いったいどういうつもりなんだろう。

うしろめたさはないの？

『わからない？　あなたの胸に聞いてみたら？』

そう詰め寄っても、本当に心あたりがなさそうに見えた。

まったく身に覚えがないのか。とぼけるのが上手なのか。どっちなんだろう。

復讐とまで言ったのにうれしそうな顔をして、調子狂っちゃう。

仕事帰りに寄った未希のエステサロンで報告をすると、案の定彼女は大きく驚いた。

「秘書？　まじで？」

「びっくりでしょ？　驚きすぎて呆気にとられちゃったわよ」

未希は弾けたように、あははと笑い出した。

「龍司の秘書ってあんた。早速ミイラ取りがミイラになってどうすんのよ」

「いいの。考えてみれば秘書のほうが踏み込んで調べられるもの。ちょうどよかったのよ」

もう開き直るしかない。今さらやめるとも言えないし。

「そりゃそうだけど」

「秘書のほうが復讐にはいいだろう？　って、龍司に言われちゃった」

「ええっ？　復讐？」

どういうことなの、とでも言いたげに未希が目を瞠る。

「私、つい言っちゃったの。『復讐をしようと思って』って。ネクタイも掴んで『わからない？　あなたの胸に聞いてみたら？』ってね」

「嘘でしょー」

足をじたばたさせながら未希は笑い転げるが、私はため息しか出ない。正直自分にあきれている。

「それで、本当に復讐するの？　あー、おもしろい」

「もちろんよ。言い出しっぺは未希じゃないの」

「それはそうだけど」

未希はペロリと舌を出す。

「具体的な事実が出てくれば、私だって黙っていないわ」

浮気疑惑がひとつ。女性の影はあるのかないのか。

そしてなにより重要なもうひとつ、桐山家が父の失墜にどこまで関わっていたのか。龍司は知っていたかどうかを調べなきゃいけない。

最悪の場合、龍司が私たち家族を助けて恩を売るというところまで、計画のうちかもしれないのだ。

「実際のところ、いい考えとは思ったわよ。龍司の会社で働いてみれば、彼を知ることにもなるだろうし」

確かに未希の言う通りだ。私の中の龍司は子どもの頃で止まっている。社会に出て雑誌を飾る大人になった彼を実感できていない。

「婚前契約書のせいで、橙子は離婚も浮気も一生できないわけだしね」

「そうよ」と苦笑した。

契約書に書かれなくても浮気をする気はないけれど、そういう問題じゃない。

私を契約で縛りつけて、自分は浮気をするというつもりでいるなら、私はよき妻でいるという考えをあらためようと思う。

ましてや彼も父を陥れる片棒を担いでいたとしたら、絶対に許さない。

「場合によっては、一生をかけて龍司と戦うわ」

「その意気よ。やっぱり橙子はそうじゃなくちゃ」

私は本気だ。

ドバイの指輪事件がなければ。あるいは幸人に話を聞かなければ、あのまま従順な妻でいたと思う。

でも、もう我慢はしない。龍司の奴隷になったわけじゃないんだもの。

「それでどうするの？　家には帰るの？」

「ううん帰らないわ。強気なことを言ったけど、今はまだ龍司とふたりきりで向き合う勇気がないし」

龍司に遠慮している母も説得できた。帰らない代わりに日中は仕事を手伝うようになったと伝えるとようやく理解を示した。それで龍司がいいならと。

「龍司はおとなしく了承したの？」

「うん」

煙に巻かれるような表情をしていたが、文句は言わなかった。というか、今日なんてむしろうれしそうだった。

なんなのよ、もう。

わけのわからない龍司はさておき、とにかくがんばろうと思う。

真相を突き止めるためと思えば、人の目も慣れない仕事も耐えられる。

出勤二日目の朝。スタンドミラーで入念にチェックする。

グレーのスーツのスカートは膝が隠れる長さ。薄い水色のリボンタイのブラウスに、控えめなネックレスとピアス。髪はハーフアップにして。化粧は派手すぎず薄すぎず。

これでよし。

早めに出社しようと準備を整えているとスマートフォンが鳴った。

手首に腕時計をつけながら覗き込んだ画面に表示された【龍司】の文字に、急いで電話に出る。

「はい」

『昨日言い忘れたが、迎えに行くぞ』

「えっ、来なくていいわよ」

『別居の噂が立ったら、俺が困る』

あ……それもそうか。そこまで気が回っていなかった。

「わかりました。お願いします。いつでも出られる準備はしてありますから」

『そうか、よかった。実はもう家の前にいるんだ。もし差し支えなければお義母さんにご挨拶がしたい。無理なら明日の朝でいいが』

なんですって！

「ちょ、ちょっと待って」

慌てて窓に駆け寄り首を伸ばす。このマンションは低層のレジデンスなので窓から通りがよく見える。

すると、正面に黒塗りの大きな外車が停まっているではないか。

う、嘘でしょ。

ついさっき、母はコンビニに行くと出かけた。ちょうど戻ってくる頃だろう。このままでは母と龍司が顔を合わせてしまう。

どうしようと戸惑う間もなく、歩道を歩く母の姿が見えた。

ギョッとして息を吞む。母はしっかりと龍司の車を見ながら歩いてくるではないか。

「とりあえず、今すぐに行くわ！」

電話を切って、バッグとコートを手に大急ぎで階段を駆け下りた。

絶体絶命のピンチだ。彼には母の体調が悪いからと言ってあるのに。事情を知らない母がなにを言い出すか気が気じゃない。

外へ飛び出し母に声をかけた。

「お、お母さん！　ちょ」

だが龍司も母に気づいたようで、車から降りてきた。

すれ違いざまに若い女性が彼を振り返っている。

それも当然だろう、そう滅多に見かけない高級車から降りてきた男性はスラリと背が高く脚が長い。おまけにファッションモデルかと思うようなイケメンだ。

彼もグレーのスーツを着ているが、私のスーツよりダークな色合いでシャツは白だから、よかった、色味が被らなかった。などとホッとしてる場合じゃない。

母と龍司が向き合った。

「あら、やっぱり龍司さんだったんですね。車がそうかなと思ったの」

万事休すである。

「ご無沙汰しております。お義父さんが入院したと――」

「ごめんなさいね、心配かけて」

母と龍司の間に体を挟み、「あ……、あの」と、なんとか割って入ろうとするも、ふたりの会話は無情にも続く。

「いえいえ、それよりも具合のほうは」

「ええ、おかげさまで」

これ以上の会話は絶対にダメだ。すかさず体を寄せて母の前に立った。

「時間がないわ、龍司。行きましょう」

きょとんとした様子の母の目をしっかりと見つめて「またあらためてね、お母さん」と念を押す。

「そ、そうよね。忙しいのに引き留めてしまってごめんなさい」

「いえ――」と、なにか言い始めた龍司の腕を引っ張った。

「じゃあ、お母さん。行くわね」

「行ってらっしゃい」

龍司を車に押し込み、後から私も乗った。

後部座席の窓を振り向けば、母はにこやかに手を振っている。

化粧もしていて顔色もいい母に手を振り返しながら、私は泣きたくなった。

どうして龍司は突然こんなに早く来るの！

お母さんも今日に限って、なぜコンビニに行くのよ。

車がゆっくりと走り出すと、龍司が「お義母さん、元気そうに見えるが？」と、もっともなことを言い出した。

「気を張ってるからよ」

嘘じゃない。母は父のために自分がしっかりしないといけないと、口癖のように言っている。とはいえ龍司に言ったように寝込むほど体調を崩しているわけじゃないので、元気そうに見えるのは当然だ。

案の定龍司は納得しきれないようで「ふぅん」と明らかな疑いの目を向けた。

「な、なによ」

罪悪感に苛まれ心がチクリと痛むがこの程度で負けてはいられない。横目でキッと睨むと、龍司は体を私のほうにひねって目を細める。

「ここから車で会社まで十五分。始業時間まであと一時間。時間はたっぷりあるんだがなぁ」

「ダメよ、重役だからって出勤が遅くちゃいけないわ」

いやむしろ重役に早く来られては皆が困る。わかってる、わかっていますとも。

「なんだか俺とお義母さんが話をされると困るみたいに見えたが？　気のせいか？」

「気のせいよ。だいたい失礼じゃないの、こんなに早くから」

「失礼？」

龍司の眉がピクリと動き、座席の間にあるアームレストを背面にしまって、さらに近寄ってくる。

「な、なによ」

「妻の父親が入院していて、母親も寝込んでいるというのに、見舞いにすら行かない夫のほうが、失礼だと思うが？」

伸びてきた龍司の指先が私の髪をクルクルと弄ぶ。

長い睫毛に縁取られた瞳でジッと見つめられ、胸がキュンとなったのは驚いたから。

別にときめいたわけじゃない。

「それは、そうだけど、でも」

「でも、なんだ？」

龍司の香水がほんのりと漂い鼻腔をくすぐった。

ほんの少し甘くて爽やかな香り。大自然の中にいるようなどこか懐かしい匂いに、あの夜のキスを思い出し、気持ちが落ち着かなくなる。

たまらず視線を外し、横を向いた。

「なぁ、橙子」

チュッと頬に触れたのは龍司の唇？

そこが発火点となりドキドキと胸が暴れ出す。

「ちょ、ちょっと。は、離して」

「顔が赤いぞ？」

「へ、変なこと言わないで」

「橙子。明日の朝は家に上がってしっかりと挨拶しなきゃな。俺はお前の夫なんだから」

耳もとでささやいた龍司の息が、耳の奥まで届く。

「や、やめ」

ああ、目眩がしそう。

「と、う、こ」

いたたまれずに、きつく目を閉じた。

「わ、わかったわ」

わかったからそんなに近づかないで！

「罰としてキス」

なんですって？　冗談でしょう？

恐る恐る瞼を上げると、パチッと目が合った。

「お前、妻の勤めを放棄しすぎだぞ。ほら」

「え、ちょ、ちょっと。なにをバカな」

「夫が妻を求めてなにがバカなんだ？」

気づけばさっきまで透明だったはずの運転席とのしきりが、磨り硝子のようになっている。

「心配いらない。運転席からは見えないし聞こえない」

遮ろうとした私の手を龍司の長い指が絡め取る。

それでも必死で体を離そうとすると、もう片方の手で抱き寄せられた。

「ほら、キスしろよ」

「これから仕事に行くってときに。なに言ってるのよ！　や、やめなさいっ！」

思い切り首を背けると、その首もとに龍司が唇をあてた。

やわらかく少しヒヤリとした感覚にハッとしておかしな声が出そうになり、そんな自分にまた焦って。

「りゅ、龍司。やめ」

「まさか、俺がいない間に浮気なんかしてないだろうな」

「自分こそっ、いい加減にしなさいよ」

ギュウギュウ抱きしめてくる龍司を押しのけるうち、龍司のスマートフォンが音を出して揺れた。

「ほら、電話っ！　電話よ」

「はぁー」

魂が抜け出しそうなため息をつき、龍司は電話に出る。

はぁ、じゃないでしょ、もう。

毎朝こんな調子なの？　先が思いやられるわ。

龍司の電話は仕事の話らしい。長引きそうな様子にホッとして通りに目を向けた。

「ああ。それでいいだろう」

わずかに緊張した龍司の声は威厳が漂っている。

もとから響きのいい低音ボイスに気を引かれて振り向くと、横顔の雰囲気がさっきとはがらりと変わっていた。通った鼻筋は頭脳明晰な雰囲気を漂わせ、きりりと伸びた眉は揺るがぬ意志の強さを思わせる。

どこからどう見てもできる男がそこにいる。

な、なによ、龍司のくせに。

ドキドキと高鳴る胸の鼓動を落ち着けようと、大きく息を吐いた。

会社に着いた私は、龍司の指示で女性秘書から部屋の使い方の説明を受けるべく、給湯室へ案内された。

廊下の奥に位置する給湯室は小さいが明るい空間だった。コーヒーメーカーがひとつ。ミニキッチンと食器棚があるだけのシンプルな造りである。

早速説明に入ると思いきや、女性秘書は戸惑ったように首を傾げる。

「奥様。あの、なんとお呼びすればよろしいでしょうか」

やはり悩ませてしまったようだ。申し訳ない。

「桐山でも橙子でも呼びやすいほうでお願いします」

桐山一族の役員が何人かいるようだが、彼らを桐山さんとは呼ばないだろう。

「すみません。気を遣わせてしまって」

「いえいえ」

謝る私に、にこにこと微笑む彼女は秘書課の安藤《あんどう》さん。

落ち着いた話し方から察するに、年は二十代後半かもしくは三十代。肩までの髪をゆるくひとつにまとめた上品な感じの美人だ。

「ゴミはこちらにどうぞ。お皿やカトラリーはここにあります」

砂糖はここ等々、安藤さんの説明は続く。

龍司の執務室には小さい冷蔵庫やコーヒーメーカーもある。ほとんど事足りるので、給湯室を使う機会はないかもしれない。

情報収集のために、ここくらいしか雑談する場所はなさそうなのに残念である。

初日の昨日、秘書課長に連れられて秘書室の社員に紹介された。復讐の件はさておき、せっかくここで働くのだから友人のひとりくらいできるといいなと思っていたけれど。妻として紹介された今では難しいかもしれない。

心密かにため息をついていると、安藤さんが私を振り返り、にっこりと微笑んだ。

「昨日いただいたチョコレートおいしかったです」

「そうですか。よかった」

微笑み返した私に向かい、安藤さんはふと困ったように眉尻を下げた。

「大丈夫ですか？　朝から……」

彼女の言葉に、忘れていた出来事を思い出し、「ええ」と、笑ってごまかす。

出勤直後、私は女子トイレで手厳しい洗礼を受けたのである。

車の中で龍司にからかわれた拍子に、どこか変になっていやしないかと、確認がてら足を踏み入れようとしたときだった。

『なんなの。桐山本部長の奥さん。浮気の監視にでも来たのかしら』

中から聞こえてきたのは、私の噂話。

『ほんと、やりづらいったらないわ』

私自身は気にならないとはいえ、入っていけば中にいる女性はバツが悪い思いをするだろう。ここで働く間は揉め事を起こしたくない。Uターンしようと決め、ため息交じりに振り返った目の前に安藤さんがいたのである。

私のうしろに人がいたなんてまったく気づかなかった。

驚く私を通り過ぎ、つかつかと女子トイレの中に入っていった彼女は『あなたたちいい加減にしなさい』と叱責した。

『すみません』と、謝りながら廊下に出てきた女性ふたりは、私の顔を見てギョッとしたように目を見開き、小さくなって足早に去っていった。

とまあそんな事件があったのだ。

「トイレで噂話なんて、お客様だってお使いになるのに。すみませんでした」

「大丈夫ですよ。私は気にしていませんから」

「深く考えもせずに口を滑らせたんでしょうが、秘書としてあれでは。申し訳ないです」

「いえあの、本当にお気になさらないで」

どうやら噂をしていたのは秘書課の女性たちだったようだ。まだまだ謝り足りない様子の安藤さんと別れて本部長室へと戻る。

途中、女子トイレで私の噂話をしていたふたりとすれ違った。

ふたりとも気まずそうに顔をこわばらせ、深々と頭を下げたまま、逃げるように通り過ぎていく。

私はまったく気にしていないのに、やれやれと嘆息を漏らす。

これまで私はだてに修羅場をくぐってきたわけじゃない。前の職場では、闇金業者が現れて借金の返済を迫られた。ご近所中に【金返せ】と張り紙をされて白い目を向けられた経験もある。

それに比べたらあれくらい、かわいいものだ。

もし自分が彼女たちの立場なら、同じ軽口を叩いたかもしれない。突然妻が職場に押しかけるなんて、やっぱり変だもの。

それもこれも――。

ノックをして本部長室に入ると、龍司はパソコンに視線を向けて電話中だった。

全部あなたが悪いのよ、まったく。

密かに龍司を睨んで心の中で悪態をつき、窓の横の隅へ向かう。

コーヒーメーカーをセットして少し反省した。彼にあたっても仕方がない。そもそもの原因がどうあれ、押しかけてきたのは私なのだ。

気を取り直し、コーヒーができあがるのを待っている間に、朝日に輝く眼下に視線を向けた。

真下に見える道をまっすぐ北へ向かうと、結婚前に私が働いていた建築事務所が入ったビルがある。地下鉄を乗り継ぎこの道を歩いて通った。

首を回して右に向けると、通りの反対側に幸人が通う双来商事のビルが見えた。

こんなに近かったのね。

私とは無縁だったせいか、毎朝通っていても全然気づかなかった。少し考えれば、龍司がここ桐ヤマ商事にいるとわかっただろうに、すでに遠い存在だったから。

「どうした？」

突然声をかけられ、ハッとして振り向くと龍司がすぐそこにいた。

近すぎる。今にも腰に手を伸ばしてきそうな距離だ。龍司がまとう爽やかな香りが、またしても私の鼻をこそこそとくすぐってくる。

「なにか見えるのか？」

「ここを歩いて前の職場に通ったから、上から見るとこうだったんだなぁって」

私の横に立ち龍司も外を見下ろす。

「そうか。俺はその頃ニューヨークにいたからな」

「ニューヨーク？　そうだったのね」

まったく知らなかった。

高校を卒業してから結婚前までの七年間の龍司を、私は本当になにも知らないんだと実感した。

浮気や幸人の話の真相だけじゃない。ここで働きながら彼をもっと知りたいと思う。

ゆがんでいるとはいえ、私たちは夫婦なんだもの。

ちょっぴり切なくなりながら、できあがったコーヒーをカップに入れて彼に渡す。

「サンキュー」

自分の分もカップに入れて席に向かうと、「昼」と龍司が言った。

「俺の朝と昼の飯の用意は、今後頼むな」

えっ、それはいったいどういう意味？　まさか。

「朝もって、もしかして食べないで来たの？」

「ああ」

肩をすくめた龍司はコーヒーメーカーが置いてあるチェストの引き出しを開けて、栄養補助食品のクッキーを取り出した。

「高村に頼んでここにこれが常備してあるんだが、やっぱ味気ないし」

そりゃそうでしょうよ。

「お前はなにを食ってきたんだよ」

「えっと……。厚焼き玉子と味噌汁」

焼き鮭も食べたけれど、ちょっと言いにくい。

「いいなー」

やっぱり朝食を食べないとやる気なくすとかぶつぶつ文句を言い、私をジト目で睨みながら、龍司は棒状のクッキーを齧る。

「ハウスキーパーさんはどうしたの？」

電話一本で作り置きしてくれる手筈になっているのに。

「予定がコロコロ変わるのにいちいち連絡するのも面倒だろ。週一の掃除洗濯だけで十分だ」

龍司は、さも感心なさそうに言い、クッキーを平らげてコーヒーを飲むが、食事は生命の源だ。おろそかにしてはいけないのに。

そんな状態だなんて予想もしなかった。少なからずショックだ。

「わかりました。今後は私が用意しますね。朝食はお弁当でいいの？」

「コンビニ食でもなんでもいい。好き嫌いはないし」

またそんな。いずれは桐ヤマを背負って立つ人なんだから、意識して健康には気をつけてほしい。

「今日の昼は一緒に食べに行こうな。いつも行ってる店があるから」

「はい」と答えながら、とてつもない罪悪感に襲われた。

思わず額に手をあてて、デスクに肘をつく。

忙しい夫の食事も世話も放り出して、私ったら、どうしてこうなったんだっけ？

ああ、そうだ。いい妻になろうにも半年間ほったらかしにされて——。いや、そうじゃない。

危うく思考の波に流されそうになったところで思い出した。

龍司のせいで父や私たち家族が人生を狂わされた可能性があるのだ。私は事実を知りたくてここに来たのである。

心を鬼にするような気持ちでパソコンを立ち上げると、ふたつめのクッキーを食べながら私の席まで来た龍司が、パソコンの画面を覗き込んだ。

「お行儀悪いわよ」

片手は私の椅子に置き、まるで私に覆いかぶさるような姿勢である。

「それに、近すぎ」

軽く睨んだ私に肩をすくめた龍司が、クッキーの袋を私の近くにあるゴミ箱に捨てたときだった。

ドアがノックされ入ってきたのは、高村さんである。

「おはようございます」

私たちをとらえた高村さんの目がピクリとゆがむ。

「おはようございます」と返ってくる声のトーンも、心なしかため息交じりだ。私に張り付かんばかりの龍司にあきれているんだろう。

高村さんの非難の眼差しなどまったく気にする様子のない龍司は、私のデスクに自分のコーヒーカップを置き「これから教えるところだ」と言う。

「そうですか」

え？ そうなんだ、龍司が直接、私に仕事を教えるってわけなのね。

「では、こちら、よろしくお願いします」

高村さんは、書類を龍司に渡して部屋を出ていった。

龍司が受け取ってそのまま私のデスクに置いた資料は、すべて英語である。

「これは世界中から集めた各種専門誌を英語に翻訳したものだ。そしてこっちがもとの資料。これを参考にして、サーバーにあるデータから検索をかけて俺の担当するエネルギー関連の――」

龍司の説明を聞きながら、私は気が遠くなる思いだった。

インターナショナルスクールにいたから英語はある程度理解している。とはいえ、ちらりと見た内容がさっぱりわからない。略語や略称も多く、連なる専門用語がどれもこれも意味不明である。おそらく日本語で書かれていても理解できないだろう。

「最初のうちはなにがなんだかわからないかもしれないが、まあそのうち慣れるさ」

そのうち、ね。本当にそんな日がくるのかしら。

私の席を離れた龍司は本棚からいくつか分厚い本を取り出して、私に差し出した。

「ここらへんを参考にするといい。わからなければ俺に聞いて」

「はい」

「ん？　なんだ難しい顔して」

「えっと……」

できないとは言えないし。初めての仕事なんだから、少しずつ慣れていくしかないだろう。

「ううん。なんでもないです。がんばります」

私の言葉に、龍司は満足そうにうなずく。

「英語のほかに、確か、フランス語もできるよな？」

「はい。少しだけ。日常会話くらいなら」

「十分だ、文法がわかっていればなんとかなる。理想はこんなふうに英文にしてポイントをまとめてほしい。最悪見出しだけでもいい」

見出しだけと聞いてホッとしたのも束の間。

龍司はこともなげに「なにしろ毎日集められてくるから、よろしく」と言う。

ま、毎日？　この量を読むだけでも気が遠くなりそうなのに……。

文句を言える立場ではない。それからしばらく夢中になって専門用語と格闘し、脳味噌が沸騰しそうになったところで顔を上げた。

カップに残った冷めたコーヒーを飲み小休止。ちらりと視線だけを動かして龍司を見ると、彼も難しい顔をして資料と睨み合いをしている。

カサッと紙をめくる音がして、マウスのクリック音が響く。

昨日は会議続きだったらしく、ほとんど席にいなかった。席にいればいたで絶え間なく鳴り続ける電話の応対をしていた。

電話の半分は英語や外国語。内容はさっぱり理解できなくても、彼の受け答えが毅然としていて無駄がないのは私にもわかった。

今日は午後から出かけるのでその準備をしているのだろう。とても真剣な表情をしている。

こうして近くで見ていると、感心する以外に言葉がないような、多忙で真面目なビジネスマンだ。ふざけてばかりいた少年時代の面影はない。

ふいに顔を上げた龍司と目が合った。

「先にこっちの資料頼めるか？」

「はい」

急ぎ足で龍司の席に行く。

「ここを直して十部印刷しておいてくれ。ちょっと営業部に行ってくる」

「わかりました」

腕時計を見ながら、慌ただしく龍司は本部長室を出ていく。扉が閉まる前から廊下にいた誰かと話を始めたようだ。

できる男オーラがすごい。付け入る隙も全然ない。

急いで頼まれた資料を修正しながら、なんだか悔しくて口を尖らせてみた。

龍司の忙しさはその後も続き、結局一緒に食事をする暇もなかった。

「ごめんな、橙子。また今度」

「大丈夫よ。気にしないで」

別に行きたいわけじゃないし。

それにしても、その忙しさじゃ、ハウスキーパーに電話する余裕なんてないわね。

彼が無頓着になる理由もわかった気がした。

要するに時間も余裕もないのだ。

仕事に追われているうちにあっという間に一日が過ぎていく。彼ひとりでは彼自身を守れない……。


さて、お昼はどうしたものか。

コンビニ食でいいかしらとバッグを持って本部長室を出ると、エレベーターの前で秘書課の安藤さんと出くわした。

「お食事、一緒にどうですか」

思いがけない誘いに瞬間戸惑ったが、親交を深めるにはいい機会である。なにか情報を得られるかもしれないし、快く「はい」と返事をした。

「安藤さんのおすすめのお店があったら教えてくださいね。私はなんでも食べられるので」

「それじゃ、カフェにしましょうか。おいしくて料理がすぐに出てくるお店があるんですよ」

オフィスビルを出ると、ぽかぽかと暑いくらいの日差しに溢れていた。春真っ盛り、ジャケットを脱いでブラウスだけでもいいほど暖かい。

昼食時なので皆ランチに向かうのだろう。そこかしこのビルから出てくるビジネスパーソンは皆、生き生きと活気に溢れて見える。

私は専業主婦ではなく、社会に出て働きながら家庭と両立させる道を選びたいと思っていた。ごく普通の会社員として、家事を分担したり子育てに悩んだり。

桐山橙子となったからには、叶わぬ夢だが。

少し羨ましさを込めてすれ違う女性たちに視線を送れば、皆輝いて見えた。

「オフィス街って感じですね」

「桐山さん、お勤めの経験はあるんですか？」

「ええ。建築事務所で事務をしていました」

聞けば安藤さんは大学卒業後、新卒で桐ヤマ商事に就職したという。彼女の担当役員は非常勤なので、秘書課長のもと様々な業務をこなしているのだそうだ。

「安藤さんは何カ国語話せるんですか？」

「英語と北京語くらいですね。挨拶程度ならいくつか話せますが、私はまだまだです。秘書課の社員は、英語はもちろんそれぞれ得意分野があります」

なるほど。一流の商社なのだから当然とはいえ、思わずため息が出る。

「皆さん優秀なんですね」

「そんな。桐山さんこそ難関の国立大学出身なんですよね？」

「えっ、あ、まあそれはそうですが」

安藤さんは私の最終学歴をなぜか知っていて、学力があるのだからヒアリングくらいはすぐにできるようになると慰めてくれた。

私の場合は外国語をマスターする以前に〝エネルギーとはなんぞ〟と根本的なところでつまずいているのだけれど。

「頼まれた資料を見てもさっぱりわからなくて」

「桐山本部長はエネルギー関連ですもんね。私はコンビニ事業のほうを担当しているので、化学的な専門用語には悩まされずに済みますが」

「コンビニというとスイーツの商品開発とか？」

思わず食い気味に振り向くと、安藤さんに笑われた。

「ええ、試食はしますし、それも楽しみのひとつです」

「すみません、私ったら。スイーツばっかりじゃないですよね」

「海外展開のお手伝いですね。現地での原材料の調達や物流とか——」

グローバルな内容に困惑するやら圧倒されるやら。

父もタチバナにいたときや自分で商社を立ち上げたときはよく英語で電話をしていた。そんな父を頼もしく思ったものだ。

懐かしい光景を脳裏に浮かべているうちに目的のカフェに到着した。

「ここです」

安藤さんが立ち止まったのは一階が雑貨屋になっている細長いビルの前。階段の入口に小さな立て看板があり、メニューが書いてある。

ランチメニューは三種類。メインが全粒粉パンのサンドイッチ、オートミールのリゾット、糖質オフのパスタ。女性が好きそうなダイエットメニューが並ぶ。

店は二階にあり階段を上って入った。

窓ガラスが大きくて明るい店内だ。席はほとんどがふたり掛けで、半分ほど埋まっている。女性客が多いが、すっきりとした木目調のインテリアに統一され落ち着いた雰囲気のせいか男性客もちらほら見える。

安藤さんはリゾットを頼んだので私も同じものにした。

「あの、すみません。私ちょっと電話を」

「はい。どうぞ」

できる女は忙しいのだろう。注文を済ませた安藤さんは、慌ただしく入ってきたばかりのドアから出る。

ひとり残った私は、コップの水を飲みひと息つく。

龍司はちゃんと食事にありつけるのかな。

車の中で食べながら、打ち合わせに向かうと言っていた。そういう場合は、同行する高村さんがコンビニなどでなにか買うのだそうだ。仕方ないかもしれないが、朝も栄養補助食品なのだから、もう少ししっかりと食事をとれるといいのに。

そう思った途端、胸が疼いた。

彼が我が家の仇であったとしても、私の夫でもあるという事実が心を悩ませる。

妻である以上、夫には健康でいてほしいと思うのは当然のはずだ。

仇を討つにしても元気でいないと困る。父のように体を壊されたのでは、私の思いは宙に浮いてしまう。

明日から、朝ご飯だけじゃなくて昼食用のお弁当を作ってきてあげようか。

本部長室には小さい冷蔵庫がある。無駄になったら持って帰るなり龍司の夕食にしてもらえばいいし。

あれこれ考えているうち、トレイを持ったウェイトレスが来た。

「お待たせしました」

聞いていた通り、料理が出てくるのは早い。

電話を終えて戻ってきた安藤さんが笑う。

「料理のほうが私の電話より早かったですね」

「とってもおいしそうです」

オートミールのリゾットにはイカやエビが入っている。そのほかにもキッシュや鶏むね肉とキノコのココットが、二種類のサラダと一緒にワンプレートに盛り付けてあり、様々な種類の小鉢を使った立体感のある盛り付け方も素敵で、見ているだけで顔がほころんでくる。

おいしい食事があればそれだけで会話も弾むものだ。

「私ひとり暮らしなので、どうしても食事が偏ってしまって。お昼の外食で栄養を摂っているんです」

「ひとり分じゃ作るのは大変ですもんね」

などと他愛ない話をしているうちはよかった。

ポロンポロンとドアベルが鳴り、なにげなく視線を向けると。

「あ……」と思わず声が出る。なんと、幸人が店に入ってきたところだった。

こんな偶然いらないのに、神様は時々意地悪だ。入口から店内は見渡せるし、私はちょうどそちらに向いて座っていて隠れようがない。

案の定彼は通り過ぎざまに私を見つけ「あれ、どうしたの？」と問いかける。動揺を隠せないまま私は「ランチ」と、短く答えた。

言わなくてもわかる答えに幸人は相槌を打った後、連れの若い男性とともに奥の席へ行く。一緒にと言われたらどうしていいかわからなかったので、ホッと胸を撫で下ろす。

「双来商事の人ですよね」

「え？」

安藤さんは「社章」と言って自分の鎖骨あたりを指差した。

ああなるほど、スーツにつけている小さいバッジでわかったわけね。

「お知り合いですか？」

「大学時代の同級生です」

安藤さんは興味津々だけれど、間違っても紹介できない。

幸人には私が龍司の妻だと知られたくないから。

「ところで、桐山さん。本部長とはどんなふうに知り合ったんですか？　お見合いではないんですよね？」

「幼稚園から高校までずっと同級生なんです」

「えー、すごい。そっかー奥様も蒼山インターナショナルスクール出身なんですね。やっぱりお嬢様なんだ。失礼ですが旧姓はなんと？」

聞かれたくなかった質問を投げられ、心と一緒にズンと胃が下がったような気がした。プレートにはまだ半分料理が残っているのに、食欲が消えそうだ。

私の父がタチバナ商事のもと代表だとわかったら、彼女から気軽に噂を聞けなくなる。とはいえ、名字だけならと気を取り直した。今の父の職業を聞かれたら経営コンサルタントと答えればいいし。

できるだけさりげなく「橘です」と答えた。

橘という名字は特に珍しいわけじゃない。なのに――。

「もしかして、タチバナ商事の」

少し驚いた表情を浮かべた彼女に、いきなり言いあてられた。

「えっと、私の父は前の代表だったんです」

努めて明るく言ったつもりが、安藤さんの表情は真剣なものに一転する。

「まさか、復讐に来たんですか？」

思いがけない問いかけにぎくっと固まった私を見て、安藤さんは弾けたように笑う。

「冗談ですよ。うちとはライバル会社ですからね。タチバナは」

明るい笑顔を見る限り深い意味はないようだ。

でも〝復讐〟なんて言葉が、そんなに簡単に出てくるとは思えず、その後も胸騒ぎが消えなかった。

◇心の涙

秘書になって丸一週間が経ち、少しずつオフィスの様子が掴めてきた。

龍司の本部長室があるこのフロアは、役員室と秘書課、ほかにはいくつかの会議室があるだけだ。このフロアだけならば人もそれほど多くないので、顔はだいたい覚えられた。

本部長室を出て廊下を進み、エレベーターに乗ると緊張が解ける。

私は秘書課でしか紹介されていない。

ここ桐ヤマ商事本社ビルには数えきれないほどの従業員がいるから、このフロアさえ出てしまえば大勢の中にまぎれ込める。

向かうのは地下二階の第二資料室。龍司に資料を探してくるよう頼まれた。

目的の資料室はすぐに見つかり、教えてもらった通りセキュリティカードになっている社員証をかざして扉を開ける。

中に入ると、ずらりと棚が並んでいた。

資料室に入ってから十分は経っただろうか。

なんとしても資料が見つからない。

「この棚で合ってるはずなんだけど」

ひとりごちて、もう一度入口に戻る。入って右から三列目の棚を指差して確認しながら進んでみたが、やはり場所は合っているはずだ。

「困ったなぁ」

これ以上考えてもわからないものはわからない。いったん戻って龍司にもう一度聞いてみよう。

そう思い振り向くと男性がいた。

「どうかしましたか？」

資料探しに夢中になっていたようで、彼が入ってきたのがわからなかった。

私くらいの年齢と思われる爽やかな雰囲気の人で、彼も首から社員証を下げている。

驚いた様子の私に彼は「声が聞こえたもので」と微笑む。

一瞬どう返すべきか迷ったが、怪しまれても困るので説明してみた。

龍司が言った通りに話してみると男性は「ああ、それなら」と、迷わずに私の立っている位置から右のほうに向かっていった。

「これですね?」

「えっと……。はい、それです。ありがとうございます」

「エネルギー関連でも、十年以上前のものはこっちに移動されるんです」

「そうなんですね」

資料の並べ方を知っていれば、すぐ見つけられたのだろう。

「でも、この資料は……」

彼は私が受け取った資料を怪訝そうに見る。

「失礼ですが、なにに使われるのですか？」

え？　見たところ特に変わった様子はないが、これはもしかして持ち出してはいけない資料なの？

彼の目は私の社員証を見ている。もしかすると疑われてしまったのかもしれない。

「私は桐山本部長の――」

「俺が使うんだ」

聞き慣れた声にハッとして振り返ると龍司がいた。

「あ、本部長」

男性社員が目を見開き、背中を緊張させてビシッと頭を下げる。

物音もしなかったと思うのに、いったいいつの間に入ってきたのか。

「どうかしたか？」

「この方が、資料探しを手伝ってくださって」

男性社員は龍司と私を忙しく交互に見て「も、もしかして」と口ごもる。

龍司は私のもとまで歩いてきて、私の手から資料を受け取ると、「彼女は俺の秘書で、俺の妻だ」と、しなくていい紹介までした。

「それは、し、失礼しましたっ！」

恐れおののいたように深々と頭を下げた男性は、脱兎の如く資料室を出ていく。

「遅いから、様子を見にきたんだ」

「もう龍司ったら。あんなふうに睨まなくてもいいじゃないの。彼はね――」

言ってる途中でギュッと頬を掴まれた。

「なぁ、俺がお前を秘書にした理由のひとつを教えてやろうか」

「にゃ、にゃによ」

頬を掴まれているせいでうまくしゃべれない。

あははと龍司に笑われて、バシッと彼の手を払いのけた。

「や、やめてよ」

懲りずに、今度はジリジリと私を壁際に追いつめた龍司は、覆いかぶさるように立ち塞がり、右手をドンと壁につく。

「よく聞け、橙子。浮気はもってのほかだが、俺はお前がほかの男と話をするのも気に入らない」

「なに言ってるの？　ここは会社なのよ？　話すでしょう普通。仕事なんだから」

近づいてくる顔から逃げるように横を向く。

「ダメだ。わかったか？」

「そんなの横暴よ」と言いながら、そっと龍司を見上げると、彼は笑っていなかった。

本気なの？

カチャッと扉が開いた音がする。誰かが資料室に入ってきた。

このままじゃこの状況を見られてしまうというのに、ちらりと首を回しただけで龍司は動こうとしない。

う、嘘でしょ。

「わかったわよ。わかったから」

思い切り龍司の胸を押した。

「桐山本部長、いらっしゃいますか？」

高村さんの声だった。

「ああ、ここだ」

棚に置いた資料を右手に持った龍司がにやりと笑う。

「今言ったこと、忘れるなよ橙子。さあ行くぞ」


もう、いったいなんなのよ。

「子どもの頃とまったく同じじゃないの」

小声でぶつぶつ文句を言いながら給湯室でポーションミルクを探していると、安藤さんが来た。

「なにかお探しですか？」

「ミルクが見あたらなくて。ケースの中が空なんです」

「ああ、ちょうど使い終わったんですね。新しいものはこっちの棚にあるんです」

ミルクを出してもらい、礼を言って行こうとすると「あ、桐山さん」と安藤さんに声をかけられた。

「はい？」

「一応、誤解のないようにお知らせしようと思いまして」

安藤さんは少し言いにくそうに肩をすくめた。

「週末のパーティーですが、本部長と同行させてもらうんです。すみません」

え？　パーティーってなんの？

なにも龍司から聞いていない。

「奥様、いえ、桐山さんはそういう席は苦手なんですよね？」

どういうこと？

まったくわからないが、とりあえず話を合わせるべきだろうか。

私は桐山家に認められていないからパーティーのような表舞台で龍司と一緒に出席はできない。それで龍司は、私がパーティーは苦手だと説明しているのかもと思い、ひとまず「ええ」とだけ答えた。

「私が代わりに同行する機会がこれから多そうなので、一応ご報告しておきますね」

「そうですか。すみません。よろしくお願いします」

給湯室を出て、ムッと口を結ぶ。

龍司ったら、私がほかの男性と口をきくのも嫌なくせに、自分は女性秘書を連れ回すわけね？

私にはパーティーの存在すら隠すなんて。

行けないのは仕方ないとしても、説明くらいはするべきじゃない？　少なくとも安藤さんからじゃなく龍司から聞きたかったわ。

不機嫌さを隠そうともせず無言のまま本部長室に入ると、龍司はパソコンの画面越しにちらりと私を見た。

苦情を言いたいが、文句を言うにしても仕事中は避けたい。お昼休みにでも言えばいいと怒りを静めて、コーヒーメーカーのある棚に向かう。

「どうした。不満げな顔をして」

龍司を見ずに「いえ、別に」と答えた。

すみませんね、ぶすくれていて、と心の中でふてくされる。

「気になるだろ。言えよ」

そんなに言うならいいわよ。言ってあげるわ。

彼に背中を向けたまま、さらりと告げた。

「私には厳しいのに、あなたは女性秘書とお話しするんだろうなぁと思って」

龍司のキーボードを打つ音がぴたりと止まる。

「やきもちか」

「違うわよ。あなたじゃあるまいし」

ポーションミルクをしまい、ツンと澄まして自分の席につく。

「ずいぶん含みがある言い方だな」

立ち上がった龍司は、ゆっくりと私の席まで来るが、無視してパソコン画面を見つめた。

ここは人の目が気になる資料室じゃないもの、負けないわ。

なにしろ私にはドバイの指輪という隠し玉があるのだから。

もしかしてあなた、美人な安藤さんを連れて歩けるのが楽しいんじゃないの？　安藤さんにもお礼とか言って指輪を渡していたりして？

今の私はさぞかし反抗的に見えるはず。

とめどなく湧いてくる不満が表情に出ているのが自分でもわかるが、取り繕う気も起きない。

だってそうでしょう？　妻がいるのに、見知らぬ女性に指輪をあげちゃうのよ、あなたって人は。

かがみ込んで私とパソコン画面の間に顔を出した龍司は「なにが言いたい」と聞く。

わかったわよ。だったら言ってやろうじゃないの！

バンッと両手を机に置いて立ち上がり、龍司に向かってはっきりと言った。

「Please accept this is a token of my appreciation」

ドバイでハンカチを拾った私に龍司が言ったセリフだ。

「ん？」

「あなた、ドバイで女性をナンパしたでしょ」

「ナンパ？」

「そうよ。指輪なんか渡しちゃって。私知ってるのよ」

龍司は少し考える仕草をした後、破顔して私を指差した。

「そうか！　あれ、やっぱりお前だったんだな？」

私はツンと顎を上げ、腰に手をあてて胸を張った。

「そうよ！」

「やけに似てるなって思って気になってたんだ。あんなクズダイヤお前にあげるまでもないと思ったんだが、結局お前のものになったか」

あははと龍司が笑う。

「クズ？　ちゃんとした指輪だったじゃない。それを見ず知らずの女性にあげるなんておかしいでしょ？」

「おかしいもんか。お前がくれた大事なハンカチを拾ってくれたんだ」

今なんて言った。大事なハンカチ？

怪訝そうに耳を疑う私に、龍司は首を傾げる。

「だってあれってお前が刺繍したんだろ？」

思わず絶句して目を見開いた。どうしてそれを。

龍司はポケットからなにかを取り出した。

彼が見せるのは私が拾ったハンカチだった。捨てられていなかったのだ。

「いつだか見かけたんだ。お前が一生懸命刺繍をしているのを」

刺繍を指先で撫でながら、龍司はうれしそうに微笑む。

知っていたの？

「あ、あんまり見ないで。下手だから」

取り返そうとすると、スッと手を引いてハンカチをポケットに戻す。にやりといたずらっぽく目を細める彼は、まるで子どものよう。

「妙だと思った。あっさりと指輪を受け取るなんて変だしな」

彼は普通ならこうなると説明する。

受け取った女性は中身を確認し、指輪なんて受け取れないわと言う。龍司は、そのハンカチは愛する妻が夜なべをして刺繍を施した大切なハンカチだ。指輪とはいえパーティーの余興でもらった景品に過ぎず、拾ってもらった恩を考えれば、むしろ申し訳ないくらいである。だから、どうか受け取ってほしいと。

「そういう流れが普通だろ」

「夜なべなんてしてない！」

見られていたと思うと恥ずかしくて顔から火が出そうだ。

「それにお前な、不用心すぎるぞ？」

「なにがよ。すぐに立ち去ったじゃない」

責めるはずが逆に責められて調子が狂い、悔しまぎれにフンと横を向いた。

「私はナンパされたりしないもの」

「いいか？ 知らないやつになにかを渡されてもまず受け取るな。最悪受け取っても中身を確認しろ。怪しいものだったらどうするんだ」

龍司は人差し指を立てて、私を睨む。

「だ、だってしょうがなかったの！ あなたに見つかっちゃうでしょ」

ふと、ゴングが鳴るようにピンポンとパソコンが音を立てた。

見ればお昼を告げるアラームのポップアップが表示されている。

「とりあえず飯にしよう」と龍司が言った。

私がお弁当を広げたりお茶の用意をしている間に、龍司は仕事の続きをしている。

『おかしいもんか。お前がくれた大事なハンカチを拾ってくれたんだ』

まさか、そんなふうに龍司が思っていたなんて。

刺繍をしたのが私だっていうのも知っていた。となると彼が言う通り、あの指輪は本当にただのお礼だったのかな……。

「準備できたわよ」

「ああ」

今日のお弁当のメインは、シソの葉で包んだつくねと、厚焼き玉子。つけ合わせはピーマンのツナ和えに、もやしのナムル。それとサラダ。

仕事の手を休めソファーに腰を下ろした龍司に、使い捨てのお手拭きを渡す。彼は手を拭きながら「おいしそうだな」といつものように相好を崩した。

龍司の食べ方は綺麗だけれど豪快だ。うまいうまいと言いながら、次々と平らげていく。

「お前、本当に料理が上手だな」

にこにことうれしそうに笑うが。怪しいものだ。彼はなにを食べてもおいしいと言うから信用ならない。

「ドバイに来たのにどうして俺に連絡くれなかったんだ」

「未希がウェディングの仕事を頼まれてついていったの。三日だけだから時間がなかったし」

言いながら瞼を伏せて、厚焼き玉子を箸で取る。

実際はひとりだけの時間があった。でもあのときは龍司に連絡を取る勇気がなかった。迷惑をかけてはいけないと理由をつけていたけれど、もしかすると私は迷惑がられるのが怖かったのかもしれない。すっかり自分に自信をなくしていたから。

「ああ、未希か。そういや仲がよかったなお前たち。ずっと連絡取ってたのか」

うん、とうなずく。

「お互いにいろいろあったから、直接は会えない時期があったけど、ずっとSNSで連絡は取ってたの」

「ふぅーん」

「それに龍司、ドバイは危険な感じはしなかったよ？　女性だけのひとり旅の人もいたし」

目を細めて睨んでやった。

「龍司の嘘つき」

「俺が危ないって言ったら、危ないんだ」

ぎろりと睨み返された。

悔しいが迫力は彼に敵わない。視線を外し、口を尖らせる。

そんなこと言って、自分はなにをやっていたのよ、休日に。

「龍司こそ、遊んでたんじゃないの？　美女を引き連れて」

「は？　なに妄想してんだか」

鼻で笑われたから、スマホを取り出して、例の写真を突きつけた。負けっぱなしは悔しい。

「証拠よ」

チーターを乗せて笑っている写真だ。

「ん？」

最初こそ怪訝そうに眉をひそめていたが、画面に指を滑らせるうち、龍司はあははと笑い出した。

「自分で笑ってどうすんのよ」

「これか。懐かしいなぁ。でも、なんでお前が持ってるんだ？」

もっともな質問にハッとする。後先考えずとっさに見せてしまったが、彼が疑問に思うのも当然だ。

「ドバイで龍司を見たって友だちが送ってきたの」

そこまでは正直に言ったが、大学生のときに送られてきた写真をいまだにスマホに入れている理由にはならない。

「あ、あんまりバカバカしい写真だからおもしろくてとっておいただけ」

なにを思うのか龍司は瞼を閉じて「あれって何年前だ？」とぶつぶつ言う。

十年ぐらい前よ、と心の中で答えて気まずくなる。その十年の間にスマートフォンを何度も交換したのに、そのたびに写真をしっかりと転送していたのだ。

「なぁ橙子、お前、実は俺が好きなのか？」

いつの間にかお弁当は食べ終わったようで、組んだ長い脚をゆらゆらさせながら龍司は私をからかうような目で見る。

「後生大事にずっと持ってるなんて、なぁ？」

カッと頬が赤らむのが自分でもわかった。

「勘違いしないで！　その美女たちはなんなの。そうやって遊んでいたんでしょ」

ムキになって捲し立てる私を見返す龍司は余裕の表情だ。

「これか、この女どもは、ほらここに写ってる男の妻たちだ。向こうは一夫多妻だからな」

「本当に？　その人たち全部が奥さんなの？」

「ああ、そうだよ。確か四人まで妻を持てるからな」

じゃあなに？　私はずっと誤解していたわけね。

車の美女たちも指輪のナンパも全部。龍司の浮気疑惑は疑惑だけだった……。

お弁当箱に残った最後のひと口を食べながら考え込んでいると、ふと静かすぎる龍司に気づいた。

彼を見ると、私のスマホと自分のスマホを並べてなにかやっている。

「ちょっと！」

立ち上がって覗き込むと、龍司は私の写真をせっせと自分のスマホに送っているではないか。

「なにやってんのよ」

「別にいいだろ。お前だって俺の貴重な写真隠し持ってたじゃないか」

「よくない」

奪い取ろうとするも、私より圧倒的に腕の長い龍司には敵わない。

「やめて、やめなさい龍司！」

いったいどれくらい転送したのか「サンキュー」とふざけたことを言いながら、私のスマホを差し出した龍司は、自分のスマホを見てにやにやしている。

はぁ、本当にもう。なんなのよ。

「そうそう、これだ。ハンカチ渡した女。しかしよく化けたなぁ」

変身したのが楽しくて、未希に写真を撮ってもらったのだ。それを見ているのだろう。

ドバイではたくさん写真を撮った。

「未希も変わんねえな」なんて言いながら、龍司は画面に指を滑らせる。

「デザートサファリか。いいよな」

「すごく感動した。悠久の大地っていうのかな。心が洗われた気がしたわ。龍司も行ったんでしょ？」

「ああ。ラクダに乗って砂漠を進んだりな」

思わず「いいなぁ」とため息が漏れた。

「連れて行ってやるよ。次の予定は当分ないが、ドバイの出張は一緒に行こうな」

ちょっと素直になって「うん」とうなずいた。

龍司と行くドバイは、きっと楽しいだろうから。

帰り道、病院に寄った。日課である父のお見舞いだ。

働き始めたから毎日とはいかないが、せめて一日置きには今後も来ようと思っている。

タクシーを降りて病院に入ろうとしたそのとき「橙子」と声をかけられた。

振り返ると声の主は幸人だった。

「お見舞いか？」

「ええ。幸人も？」

答えながら龍司の私を睨んだ顔が脳裏をよぎる。

『よく聞け橙子。浮気はもってのほかだが、俺はお前がほかの男と話をするのも気に入らない』

こんなところを龍司に見られたら大変だ。ざわざわと落ち着きをなくした気持ちをなだめる。会議中の彼がここにいるはずはない。

それにあんな横暴な話、まともに聞く必要もないわ。ほかの男性と話さずにどうやって生きていくのよ、まったく。

「この前は偶然だったね」

気を取り直して幸人ににっこりと微笑みかけた。

「そうね。幸人、あのカフェにはよく行くの？」

「いや、初めてだよ。たまたま通りかかって——」

なにか言いたそうな幸人に先手を打っていったん言葉を遮った。

「私も初めて行ったの。一緒にいた彼女のおすすめで」

スーツ姿の女性ふたり、いかにも仕事中という服装に見えただろう私を彼は疑問に思っているはず。この前会ったときは専業主婦だと伝えてあったから。

この際、夫は桐山龍司だと言ってしまおうとして、ふと思い出した。

今日はいろいろあったから、うっかり忘れていたが、私は桐ヤマに探りに行ったのだ。幸人の話を聞いて。

ちょうどいい機会だ。もう一度幸人に聞いてみよう。

「ねえ幸人、この前の話なんだけど、もう一度聞かせてもらえる？　父と桐ヤマの話」

はっきりさせなければ。龍司の妻として先に進むためにも。

次の日の朝早く、龍司から電話があった。

『今日は急遽直行になった。いつもの車が迎えに行くからそれに乗って出勤しろよ』

出社は夕方近くなるという。ちょうどいい。鬼のいぬ間に洗濯ではないが探ってみよう。

夕べ、幸人の話を整理してみた。

昨日彼から聞いた話はほぼ前回と同じで、新しい情報は得られていない。

わかっているのは龍司の父、桐ヤマの社長は私の父を目の敵にしていて、橘の伯父と結託し父をタチバナ物産から追いやった、ということ。

ここまでは事実だと確認しているし、ある意味仕方がないと思っている。

問題はその先。父が起業したTaba商事の倒産に、桐山社長が関わっているかどうかだ。

龍司についてはわからない。龍司も加担しているに違いないという幸人の言い分はあくまでも彼の憶測に過ぎず、具体的な証拠らしき話も出てこなかった。

私は龍司を信じたい。

秘書になり一緒にいて痛いほど感じた。しつこいくらい私の心配ばかりしている彼が、私や私の家族を陥れるなんて考えられない。

とにかく、私と龍司の未来のためにも真相を突き止めたいと思う。

幸人の話を裏付けるには、桐山社長と伯父や銀行関係者との〝特別な〟繋がりを示す、その当時の社長のスケジュールや記録が手に入ればいいが、それは難しそうだ。

資料室の、あの大量の資料から目的のなにかを見つけ出すなんて不可能に近い。かといってサーバーのデータは、部署ごとに管理されている。社員コードとパスワードがなければ開けないし、アクセス記録は残る。

となると、人から聞くしかないわね。

頭に浮かんだのは安藤さん。彼女が言った〝復讐〟という言葉は、なにかを暗示しているような気がするのだ。

お昼休み、安藤さんを誘ってランチに出かけ、早速聞いてみた。

すると彼女は、『復讐したいと思っても当然ですよ』と言ったのだ。

『社長室にも出入りする秘書課の友人が言っていたんです。タチバナ物産の現社長が就任直後にうきうきしながら桐山社長に会いにきたそうなんです。社長室から笑い声が廊下まで響いていたそうですよ』

気になる話はもうひとつあった。

父が起業したTaba商事は、メインバンクである第五銀行から突然融資を止められたのが原因で倒産したのだが、その第五銀行と桐ヤマが取引を始めたのは、ちょうどその頃だというのだ。

『経理の友人に確認したから間違いないんです。Taba商事が倒産する少し前に、第五銀行からわざわざ大口の融資を受けたそうなんですよ』

幸人から聞いた話と概ね一致する。安藤さんがなぜそんなに興味深く調べていたのかは気になるが。それはそれとして、話は事実なんだろう。

『絶対に裏でなにかがあったんですよ』と、安藤さんは言うが……。

ただの偶然なのか。彼女の想像通りなのか。

確信はないが、なんとなく彼女の予想があたっているような気がして仕方がない。

ただ――。

安藤さんはその後も興奮冷めやらぬ様子で、こうも言ったのだ。

『本部長にもがっかりだわ。そんな卑怯な手を使っておきながら奥様を妻にするなんて、どうかしてますよ』

龍司、あなたはどこまで知っているの？

加担を疑ってはいないけれど、まるっきり知らないとは思えない。

悶々としながら仕事を続け、ひと休みしようとコーヒーメーカーのスイッチを入れた午後三時。予定より早く龍司が戻ってきた。

「お疲れ様です」

「ケーキを買ってきたぞ」

龍司が差し出したのは有名洋菓子店の袋だ。開店前から行列ができると聞いている。

「ここ、混んでるでしょ？」

「電話で注文しておいたから、すぐだった」

そうなんだ。

「ありがとう」

「たくさんあるから、残りは病院に持っていくといい」

早速開けてみると、色とりどりのおいしそうなケーキがぎっしりと入っている。数えてみたら十個もあった。

「龍司はどれがいい？」

「俺はいいよ」

「そんなこと言わないで一緒に食べようよ。ひとりじゃ食べづらいもの」

咎めるように龍司をジッと見つめると、フッと笑った彼は口を開く。

「じゃあ、レアチーズ」

ふと、敬語を忘れている自分に気づいた。

ここはオフィスなのだから、気をつけようと思っていたのに。

でも、今さらまた敬語に戻すのも変だ。ふたりでいるときはこのままでいよう。

「お皿取ってくる」

本部長室を出て給湯室に向かう途中、ハッとして息を呑んだ。

あっ、お義父様……。

部下を従えた龍司の父、桐山社長が、こっちに向かって歩いてくる。私の背後の方角にエレベーターがあるから、そこへ向かうのか。

慌てて頭を下げた。

廊下の端に寄り、緊張してそのまま通り過ぎるのを待った。

しっかり目が合ったから私だと認識したはず。

なにか言われたらどうしようと恐怖すら感じ、おなかの前で合わせた手を痛いほど強く握っていたけれど、お義父様は立ち止まらずにそのまま行ってしまった。

私が橙子だとはわからなかったのかな。

それとも声をかけるまでもないと思ったのかもしれない。お義父様は、そんな目をしていた……。

顔を上げて給湯室に行き、お皿を持って本部長室に戻る。

龍司の分もコーヒーを淹れて、二枚の皿にそれぞれケーキを載せて。

私の取り分けたケーキを見て「やっぱりそれか」と彼が笑う。私が選んだのはラズベリーやブルーベリーなど小さい果実がたっぷり載ったタルトだ。

「お前は酸っぱいの好きだよな」

「うん」

ソファーに座って、ふたりでケーキを食べた。

果実の酸味が口に広がり、唾液の代わりに心が涙を流す。

「お義父様は――」

龍司がハッとしたように私を見る。

「親父がどうかしたか?」

真剣な顔で聞かれて、言葉を呑み込んだ。

お義父様の氷のような冷たい眼差しとは真逆の、龍司の熱い視線。その違いはあれど、どこか似ているふたりは親子なのだ。

もしかしたら龍司、あなたはなにもかも知った上で、私を守るために板挟みになっているの？

「ううん。お義父様の執務室は、このフロアじゃないのかなって思ってね」

ホッとしたように息を吐いた龍司はうなずいた。

「社長室も含めて重役はこの上のフロアだ。まず下へは下りてこない。呼びつけるからな」

じゃあ、たまたま来ていたのね。

「そう……。チーズケーキおいしい？」

龍司はひと切れだけ食べたチーズケーキを私に差し出す。

「やるよ」

「えー、ほとんど食べていないじゃないの」

「もうちょっと太れ。むちむちになってみろ」

明るく笑う龍司に、つられて頬が上がる。

「ダメだよ。服を全部買い換えなきゃいけなくなるじゃない」

「買えばいいだろ」

「自分こそ、痩せたでしょ」

半年前よりも彼は痩せた。パッと見にはわからないが、スーツを作り直している。たまたま彼のデスクの上にあった紳士服店からの明細を見て気づいたのだ。

「どれ、見るか？」

ふざけて服を脱ごうとする龍司を止めた。

「やめて、見ないよ」

笑い合いながら、龍司がくれたチーズケーキも食べる。

おかしいな。チーズケーキってこんなに酸っぱいんだっけ。

心の涙が止まらないよ……。

「あ、そうだ。持ってきたんだ」と言って立ち上がった龍司は、バッグを開けて小さな紙袋を取り出し、戻ってきた。

「ドバイのお土産だ」

「開けていい？」

「ああ、もちろん」

袋の中には、リボンがついた小箱がひとつ。開けてみると。

「うわー、綺麗」

金の細いチェーンのところどころに、ダイヤモンドがついている。小さいけれど輝きが、あの指輪のダイヤとは違う。

「どれ、つけてやる」

左手の手首に、龍司がブレスレットをつけてくれた。

「泣くなよ」

「えっ、泣いてないよ」

慌てて指先で拭う。

「目にゴミが入っちゃって」

あははと笑ってごまかして、龍司が取ってくれたティッシュを目にあてながら、私は「痛い痛い」とポロポロと泣いた。

◇なによりも大切なものを守るために

あの涙はなんなんだ。

悲しいのか。それともブレスレットがうれしかったのか？　本当に目にゴミが入ったわけじゃないだろうに。

相変わらず橙子の涙は意味不明だな。

『夕食は大丈夫なの？』

帰りがけ、橙子は心配そうに眉尻を下げて俺をジッと見た。

朝と昼の飯の用意を頼んでから、彼女は律儀に弁当を作ってくれるようになった。

それだけで十分なのに夕飯まで気になるらしい。

そんなに気になるなら帰ってくればいいのに。その場合、今度は秘書を辞めるとか言い出すんだろうか。

まったく、なにを考えているんだか。

『金曜は連れて帰るぞ』と宣言しておいたから、週末でもゆっくり話をしてみよう。

つらつら思いを巡らせながら向かったのは行きつけのレストランバー水の夢。

ドアベルを鳴らして入ると、今夜も親友の明良がカウンター席にいた。

明良はヒゲのマスターと幼馴染みで仲がよく、高い確率でこの店にいる。ひとり暮らしで自炊はしない。かといって他人を部屋に呼ぶのは嫌らしく、食事はここと決めているようだ。

Members onlyゆえに落ち着いてくつろげるのもいいと言う。まあ、だからこそ俺も自然と足が向くわけだが。

「いらっしゃいませ」

「適当に軽く頼むわ」

壁の時計は午後十時を回っている。七時頃に橙子が冷蔵庫に入れておいたヨーグルトとバナナを食べたおかげで、腹ぺことというほどでもない。

「ビールでよろしいですか？」

「ああ、平日だしな」

マスターがよく冷えたグラスと、外国産の瓶ビールを俺の前に置く。

お通しはイチジクとクリームチーズを生ハムで巻いたものと、黒いドライフルーツのようななにか。

「これは？」

「ドライオリーブです」

あごひげのマスターがうっすらと微笑む。

「へえ」

早速オリーブを口にする。噛むほどに口に広がる濃厚な旨味に、思わずうなずいた。

「うまいなぁ」

「ありがとうございます」

隣に座っている明良はウイスキーを飲んでいる。

彼の目の前にあるのは明良の好きなピーカンナッツ。一粒口にして俺のほうに器を差し出す。

「それで、どうなんだ。〝愛しの秘書〟とはうまくいってるのか」

「まあな」

今日も橙子と一緒にテーブルを囲みふたりで弁当を食べた。

なんといっても橙子手作りの愛妻弁当だ。

牛肉でゴボウを巻いたやつに、明太子が挟んである厚焼き玉子だの、チマチマとしたものがところ狭しと詰めてあった。ゴボウなんていらないし、肉だけでいいのにという本音を呑み込んで、俺はうまいうまいとかぶりついた。

実際うまかったしな。

橙子は器用だから料理も上手だ。掃除をする手際もよかった。

彼女の綺麗な手が荒れるのが忍びなくハウスキーパーを頼んだから、目にする機会はあまりなかったが。その代わり、休日だけは彼女の手料理を口にできた。

俺が中東へ行くまでの半月という短い間しか一緒に暮らしていないのが残念だ。

俺たちには恋人だった期間がない。

普通の恋人のように甘いときを過ごしていないから、橙子の家に俺が迎えに行って、一緒に過ごして彼女の手作り弁当を食べてなんてことは、この先ないと思っていた。

だから俺たちの今は、たとえ行き先が会社でもデートのようなものだ。

「俺の席から左前。すぐそこにいつも橙子がいるんだぞ。なにしろ俺専属の秘書だからな」

彼女は難しい顔をして本を広げたりパソコンを睨んだりしてる。

仕事の合間に、そんな一生懸命な橙子の横顔を見ると、心が安らぐんだ。

『コーヒー淹れましょうか?』

やわらかい微笑みを見れば疲れが吹き飛ぶ。

いっそ、このまま社員にして出張も一緒っていうのもありか?

仕事もできるし、悪くはないよな。

「しかしまぁ。どこまでも橙子一筋だな」

明良はバカにしたように横目でちらりと俺を見る。

「なんだよ」

「でも、帰ってこないんだろ？」

痛いところを突かれ、思わず大きく息を吐いた。

「お前な、そうやって台無しにするなよ。せっかく幸せに浸ってるのに」

空いた俺のグラスにビールを注ぐ明良はあははと笑っているが、向ける目は俺を心配している。

「いやだってさ、普通に疑問だろ？　復讐って言ったんだよな？」

「ああ」

泡立つビールをひと口飲んで、ドライオリーブをつまみ考えた。

あれきり橙子はなにも言わないが、もしかするとあの涙はなにか関係しているのだろうか。

ブレスレットを見て、なぜあんなに悲しげに泣いたんだ。

気づけば旨いはずのオリーブは味を感じる間もなく飲み込んでいた。気を取り直しビールを口にすると、苦みだけが舌に残る。

「そんな様子はあるのか？」

「いや、まったくないな」

復讐したいほど俺が憎いなら、あんなふうに俺の健康の心配なんてしないだろう。表情を見ていても嫌われているとは思えない。俺のいいように錯覚しているわけじゃないはずだ。たぶん。

マスターが出してくれたパエリヤを明良とシェアする。

ここの食事は旨いが、本当ならたまにでいい。普段は家で橙子の手料理をふたりで、湯気の立つ温かい食卓を囲みたいと思う。夫婦ならそれが普通だろうに、どうして俺たちはずれてしまうのか……。

「相変わらず心あたりもないのか？」

「ないな。わかってたらこうはならねぇし」

半ばふてくされて答えた。

弁当まで作り、俺がなにを食べているのか、やけに気にする割には、家に帰ってきて作るとは言わない。

「なら、本当にただの冗談なのかもな」

優等生の橙子が言うにはキツすぎるが、まぁ俺も冗談だと信じたい。

「橙子の親父さんは、その後どうなんだ？」

「そろそろ退院できるらしい」

「そうか。なぁ龍司――」

言いにくそうに明良は、間を空けた。

「お前の家じゃ、まだ橘家を受け入れない感じなのか？」

「ああ。俺も家には帰っていないし。あらためて話してはいないが」

まったく変わってはいないだろう。

父とは会社で顔を合わせても仕事の話しかしないが、そう簡単に考えを変えるとはとても思えない。

「大昔の主従関係なんぞ持ち出されても、俺には理解できない。橙子の親父さんはなにも関係ないんだ」

なのに、俺はああするしかなかった。

胸の奥から込み上げる苦いものを振り切るように、ビールをあおる。

「龍司。お前はできる限りの手を尽くしたんだ。気に病むなよ」

明良が俺の肩を力強く掴んだ。

親父は橙子の父を犯罪者に仕立て上げようとした。それを阻止するために俺は――。

だからって、すべてを許されるとは思っていない。

「明良。俺はなんとしても橙子を守る」

人生を賭けてでも。

「ああ。協力できることがあれば言ってくれ」

「サンキュー」

親友の優しさに、口角を上げて微笑みを返す。

明日も仕事だからゆっくりはしていられない。小一時間で店を出た。

流しのタクシーを拾おうとして歩道の端に立ち止まると、帰したはずの車が俺の前で停まった。

助手席から降りてきたのは、薄い笑みを浮かべている父と同世代の男。

「お父様がお呼びです」

ドアを開け、乗るように促す彼は我が家の執事のような存在で父の秘書を務める、田野倉《たのくら》である。

七三に分けた髪は三割がた白髪だが、その髪が黒々としていた若造の頃から、父の側近のひとりだった。

今や父がもっとも信頼を寄せる男だ。

「こんな時間にか」

「申し訳ありません」

田野倉に文句を言ったところで仕方がない。促されるまま後部座席に乗った。話があるんだろう、彼は助手席には乗らず、俺とは反対側のドアから後部座席に乗り込む。

「橙子様は、ずっと実家ですか？」

「ああ」

一緒に住んでもいないのに、すべてお見通しか。

どうせ人を使って俺や橙子の行動を探っているんだろう。

「それで、用件はなんなんだ。会社で言わないからには家の話なんだろう？」

「詳しい話は聞いておりません」

目を細めた田野倉の微笑みはいつだってやわらかい。慈愛に溢れ、すべてを受け止めてくれそうだ。

あくまでも、見た目はな。

だが、ゴムのようにそっくり跳ね返されると知っている俺は、最初から答えに期待はしていなかった。知っていても答える男じゃない。

「なぁ田野倉。俺が桐山家の戸籍から抜けるとどういう問題が起きる?」

「おもしろくない冗談ですね」

「仕事は続けるさ。跡取りが決まるまではな。それなら心配ないだろう」

田野倉は口をつぐむ。

「真面目な話だよ。桐山家はそうやって継がれてきたんだし」

嫡子に問題があれば一族から優秀な者を養子に迎えてきた。

「お父様は龍司様を決してあきらめないでしょう」

隣に座る田野倉を振り向くと、彼は困ったように眉尻を下げた。

「はぁー。なんなんだ」

うんざりとした重たい気持ちを乗せて、太いため息を吐く。

なんにしろ父の呼び出しには嫌な予感しかない。

仕事の話でないならば、どうせまた橙子や橘家の話か……。

沈黙の中、車はやがて松濤《しょうとう》の住宅地に入っていき、バカみたいに高く、あきれるほど長く続く塀の途中からゆるゆると速度を落とす。

停まった先では重量感のある門がゆっくりと開き、警備員が恭しく頭を下げる脇を、再び動き出した車が通り過ぎていく。

ライトアップされて、闇夜に浮かび上がる洋館は俺の実家、桐山邸。

玄関アプローチで車が停止した。

この家に帰ってきたのは半年ぶりだ。


父はガウンを羽織ってソファーに腰を下ろし新聞を読んでいた。

顔も声も俺は父によく似ているそうだ。

父も背が高く一八〇センチ近くある。子どもの頃は父親似と言われるのがうれしかった。太陽の光のように輝く憧れの父だった。

だがそれは遠く霞んだ記憶。今の父がまとうのは、奸悪な陰謀者の暗い影である。

「なんですか?」

用事はさっさと済ませたい。立ったまま聞いた。

メガネを外した父は、ちらりと目の端で俺を見る。

「とりあえず座りなさい」

仕方なく父の向かいに腰を下ろす。

「お前を正式に後継者として発表する」

耳を疑った。それはどういう意味だ？

俺をジッと見つめる父の顔を見返すも、その表情から感情は読み取れない。

半年前、父は俺が橙子と入籍したと知り『お前に桐ヤマは継がせない！』と激怒した。

俺は今の仕事が好きだし天職だと思っているが、後継者となり社長の席に就きたいわけじゃない。

後継者から外されてもなんの問題もないが、俺に固執する父がそう簡単に見切りをつけるとは思えなかった。

俺が橙子をあきらめるか、父が折れるか。今のところ選択はそのふたつのはずだ。

念のために聞いた。

「離婚はしませんよ？」

「秘書にするほど執着するとは、まったく情けない」

父は吐き捨てるように言う。

橙子を秘書にしたのは父の耳にも入っていたらしい。それはまぁ当然だが。

「仕方がない。橙子だけは認めてやる」

〝橙子だけは〟という言い方に、不吉な予感がして思わず顔をゆがめてしまう。

「もしかして、またなにかしたんですか」

背中にぞわぞわと悪寒が走る。

「とにかく、橙子には橘家と絶縁させろ。ここで一緒に暮らせばいい。妻として覚えなきゃいけないことは山ほどあるからな」

冗談だろ。

橘家を憎悪する親父のもとへ橙子を連れてくるわけにはいかない。

「話にならないな」

独り言のように吐き捨てた俺を父が眼光鋭く見る。

「ん?」

「いえ」

聞き返してきた父に、俺は左右に首を振った。なんでもないというふうに皮肉な笑みを浮かべて。

反抗したところで何倍にもなって返される。逆効果だというのは嫌というほど思い知らされてきた。

橙子の父、橘佑樹《ゆうき》氏に向ける異常なほどの憎悪に気づいたのは、俺がまだ高校生の頃だ。

たまたま、リビングで電話をしている父の会話が耳に入った。

『これでタチバナもようやく正道へと戻れますな』

タチバナ物産と桐ヤマは規模こそうちが上だが、同業者である。

以前から父の会話にはタチバナという単語が出てきたし、ときには悪態をついていたが、ライバル企業なのだからと特に疑問にも思っていなかった。

『いやいや、当然ですよ。桐山家が認める橘の宗家はそちらですから。今までがおかしかったんです』

今までという言葉が耳に引っかかった。

その時点での代表は橙子の父だ。その電話を耳にした数日前から橙子が学校に来なくなっていたこともあり、なんとなく気になって、電話を切った父に聞いてみた。

『橘って、タチバナ物産の？』

『ああ、そうだ』

続く父の言葉に耳を疑った。

本来橘は桐山家の家来筋なのだという。絶対的主従関係にあり、なにがあっても、どんなときでも橘は、最後は桐山に従うのだと。

『それを橘佑樹の父親が破った。しかも橘の本家ですらない、卑しい分家の分際で』

『主従って。そんな、江戸時代じゃあるまいし』

あきれて顔をしかめた俺に父は激高した。

『永遠に続くんだ！　バカ者！』

そのとき俺に向かって父が投げた茶碗をとっさに腕で受けた。

腕を上げなければ頭にぶつかっていただろう。茶碗は俺の腕にあたって割れた。父は茶碗が割れるほどの力で投げたのである。

飛び散ったお茶と茶碗の欠片。ズキズキと痛む腕を唖然と見下ろすと、半袖から覗く剥き出しの腕には切り傷ができていて、ぽたりぽたりと赤い血が床に落ちた。

『やつらのせいで先代がどれだけ苦労したと思っている。橘佑樹の父親は五年前にようやくくたばったが、佑樹も同じ穴の狢だ。絶対に、なにがあっても絶対に許さん』

傷よりも、俺は父の怒りのほうに驚いた。父は横暴なところはあったが、今まで暴力を振るったりはしなかった。

その場にいた母も田野倉も、もちろん使用人も全員が言葉を失い凍りついた。

そんな出来事があってひと月もしないうちに、タチバナ物産の代表交代のニュースがビジネスニュースで流れた。

田野倉から詳しい話を聞いた。

父は橘の本家とつるんで、橙子の父、佑樹氏を陥れたのだ。

代表の交代でタチバナは一時的に危機に陥ったように見えたが、桐ヤマが巨大プロジェクトのパートナーにタチバナを指名し傷がつく前に立ち直った。すべて父が裏で仕組んでいたのである。

知ったところで、まだ学生の俺にはなにもできない。

ただ呆然として、絶望した。

脳裏で割れていく橙子の明るい笑顔。膝から崩れ落ち『ごめんな、ごめんな橙子』と謝り続けた。

申し訳なくて、もう二度と橙子の前には立てない。

どうか、どうか負けずに元気でいてほしいと祈った。俺にはもう、遠くから彼女の幸せを願うしかなかったから。

大学生になり、風の便りに橙子の父が起業し、順調に実績を上げていると知りホッとした。

父は橙子の父親がタチバナの代表であるのが気に入らなかっただけで、これ以上はなにもしないと思っていた。彼女の家を含め橘一族は資産家揃いである。父親が再起したならば、もう安心だろうと。

それからまた数年が経ち、俺が桐ヤマに入社してニューヨークから一時帰国したとき、また父がなにかを企んでいると気づいた。

橘佑樹氏が立ち上げた小さな商社にも、父の手は伸びていたのだ。

『懲りない男だ。忌々しい』

なにかするつもりなのかと、俺は父に聞いた。

『当然だ』

『あんな小さな会社なのに？』

『まだなにもせん。だが、雑草は早いうちに抜き取るほうが楽だからな』

父は新聞で橘佑樹の名前を見るだけで不愉快になると言った。だから二度と立ち直れないように手を打つと。

『そんなに気になるなら龍司、お前にどっちか選ばせてやる。あいつを犯罪者にするか、不渡りを出すか』

父は氏が輸入している食品の中に違法薬物を混入させるという。

『薬物を忍ばせて、あの男の口座に、そうだなぁ――死んだマフィアの口座でも手に入れてそこからいくらか金を振り込んでみるか。簡単だぞ？』

言ってる意味が理解できず、俺は父が狂ったかとさえ思った。

『なに言ってるんだ。そのどっちも選べるわけないだろう？』

『まぁいい。お前はあの橙子って娘が好きなんだそうだな』

残忍な笑みを浮かべ席を立った父に、俺はとっさに食ってかかった。

『やめろっ！　橙子になにかしたら絶対に許さない！　絶対に』

そこから先は田野倉やほかの使用人に押さえ込まれて終わりだった。

田野倉から、橙子にはなにもしないと聞かされた。その代わり彼女の父のことはあきらめろと。

迂闊に動けば、彼女の無事は保証できないと釘を刺され、俺には橙子を守る以外の選択はできなかった……。

以来、誰もが父を恐れて口を閉ざし、父がなにをしても俺の耳には入らなくなった。

田野倉に、橙子の父を絶対に犯罪者にはしないよう頼み、俺はまたアメリカに発った。時を置かずして橙子の父の会社Taba商事は倒産。現在は橙子の父も、起業はあきらめ個人的にコンサルタント的な仕事をしているだけだから、なにもないと思っていたが。

まさか、まだ足りないのか――。

父と話した日の明くる朝、橙子を迎えに行くと、彼女はレジデンスの入口から出た道路際に立って待っていた。

慌てて車を降りて、「おはよう」と明るく微笑む橙子の肩を抱いた。

「電話するまで部屋にいなきゃダメだろ」

なにも知らない彼女は「でも」と戸惑いを見せる。

「冗談抜きで頼む。世の中はお前が思っている以上に危険がいっぱいなんだ」

「はい。わかったわ」

橙子が車に乗るのを見届けてドアを閉める。その間に視界の隅で人影が動いた。帽子をかぶった痩せた男だ。

男はさりげなさを装いスマホを手に視線を落としているが、ただの通行人じゃない。あの顔には見覚えがある。父が手配した何者かに違いない。

橙子とは反対側のドアから俺も車に乗った。

「はい、どうぞ」

差し出された小さい容器に入っているのは俵型のおにぎりだ。ひとつは鮭と大葉がまぶしてあり、もうひとつは青菜とジャコらしい。

「おー、うまそうだな」

アームレストのドリンクホルダーには蓋の開いたミニボトルがあって、味噌の香りが食欲をそそる。

早速鮭のおにぎりを頬張った。

その間橙子はなにを思うのかずっと外を見ていたが、ふいに「父がね」と言った。

「ん？」

俺を振り向きもせず、橙子は話し始めた。

「田舎に引っ越して、しばらく療養に専念しようかなって言ってるの。病院で古い友人に会ってね、空き家を紹介してもらう話になったんだって」

「コンサルタントの仕事は？」

「もう辞めるみたい」

まさか、また父の差し金で仕事がなくなったのか？

「そうか……。田舎でゆっくりするのもいいかもしれないな」

言いながら心の中で謝った。

すまない、橙子。お義父さん……。

喉の奥が締めつけられ、申し訳なさと悔しさでミニボトルを持つ手に力が入る。

「それでね——」

ようやく振り向いた橙子は、申し訳なさそうに「今のマンションなんだけど」と話を切り出した。

「龍司に返すね。今までありがとう」

なんだそれは。

「まだ先の話だろう？　それに、あのマンションはもうお義父さんのものだ。名義は便宜上俺になってるだけで」

本当は名義もすべて渡してあげたかったが『そういうわけにはいかないよ、龍司くん』と固辞されたのだ。

「うん。ありがとう。でもね、もう東京には戻らないつもりみたいだから」

「引っ越し先はどこなんだ？」

「それほど遠くはないの。関東《かんとう》の西の外れの方」

答え方からして具体的な場所は言いたくないのだろう。彼女は俺から視線を外し、また俺とは反対側の窓の外を向く。

「父はね、今までのような仕事はもうしないと決めたらしいわ」

顎を上げて空を見上げる橙子がなにを思うのか。すべてがわからなくても俺にだって少しくらいは想像できる。

「橙子。お前も一緒に行きたいのか?」

クルッと振り向いた橙子は、にっこりと微笑む。

「私は龍司の妻だもの」

妻だもの、なんだ?

その先の言葉を最後まで聞かせてくれよ。

「なぁ橙子。今度一緒に俺が行きつけのレストランバーに行かないか? お義母さんの具合がよくて、ひとりでも大丈夫そうなときにでも」

「レストランバー?」

「明良って覚えてるか? あいつの幼馴染みの店なんだ」

「もしかして、水越明良くん?」

「ああ、そうだ。水の夢っていう会員制の店で、最近じゃ俺も毎日のように夕飯食べに行ってるんだ」

マスターが作る料理がうまいとか、話をせずにはいられない衝動に駆られて、俺は延々と話し続けた。

そうしていないと気持ちが落ち着かなかったから。

＊＊＊

「はい。どうぞ」

今日のお昼のお弁当は、豚肉の生姜焼きと、ひじきの煮物に高野豆腐の煮物。サラダは別の器に入れてきた。

コーヒーメーカーでお湯だけ落とし、インスタントのお味噌汁を入れる。

ソファーに腰を下ろした龍司は、蓋を開けて並べてある弁当箱を見て破顔した。

「いいな。今日も相変わらずうまそうだ」

母に教えてもらいながら作った和惣菜。外食が多い龍司があまり口にしないようなヘルシーな素材で、味は薄味にしている。

「毎日悪いな」

「なに言ってるのよ。私は妻なんだから遠慮しないで」

申し訳ないのはむしろ私のほうなのに。龍司は最近少し変だ。

私に気を遣いすぎだと思う。

「高野豆腐とかひじきもちゃんと食べてね」

「はいはい」

気のせいか、また少し痩せたように見えるから心配だ。

「夜はちゃんと寝ているの？」

「ああ、寝てるよ」

「夕べは何時に寝たの？」

「二時くらいか？　なんだかんだ十時過ぎまで会社にいたからな」

なんでもないように答えるけれど。

「そう……。大変ね」

龍司は私が想像していた以上に忙しく働いている。

官僚や外国の要人など、打ち合わせの相手は気が抜けない人物ばかりで精神的にも疲れるはずだ。

なのに弱音を吐いたりしない。

部下の愚痴を聞いてなだめたり励ましたり。管理職なのだから当然とはいえ、彼のストレスはどこで解消されるのだろう。

「なんだ橙子、それっぽっちしか食べないのか？」

私のお弁当箱は龍司の半分くらいの大きさだ。ご飯もふた口分しか入れていない。

「私は龍司みたいに忙しくはないもの、そんなに食べたら太っちゃうわ」

「少し痩せたんじゃないのか？」

ぷるぷると左右に首を振る。

「太ったわよ。あなたこそ痩せたでしょ」

この前も言ったけれど、本当に痩せたと思う。「思い過ごしだ」と龍司は笑うが、私に心配かけないように明るく振る舞っているような気がしてならない。

私を心配する半分でもいいから、自分の心配をしてほしいのに……。

「あ、そうそう。フルーツも食べて」

冷蔵庫で冷やしていたイチゴを出し忘れていた。

中を覗くと、残業中に小腹が空いたら食べるようにと入れておいたヨーグルトのパックがいくつか減っていた。棚にあったはずのバナナもなくなっている。

食べたのねと、少しホッとした。

こんなに気になるなら家に帰ればいいのにと自分でも思う。

だけど、どうしても一歩が踏み出せない。

私の存在が、龍司を苦しめているような気がしてならなくて。

イチゴを取り出し、少し沈んでしまった気持ちを振り切るように笑顔を作って振り返った。

「龍司、洗濯物とかクリーニングとかあれば言ってね」

顔を上げた龍司は、口をもぐもぐさせながらうなずく。

「毎日結構な荷物で大変じゃないか？」

「全然。朝はあなたのお迎えがあるし、帰りはタクシーだもの」

お弁当は使い捨ての紙容器にしたから持ち帰りはない。

「どう？　おなかいっぱいになった？」

今日も龍司はご飯粒も残さず綺麗に平らげた。

「十分だよ。食ったそばから眠くなる」

壁の時計を振り返れば、お昼休みが終わるまであと十五分ある。

「ちょっと寝たら？　起こしてあげる」

「そうだな。じゃあ――」

ん？　その仕草はなに？

長いソファーの中央にいた龍司は、横にずれてポンポンと空いた座面を叩く。

「膝枕」

「えっなに言ってるの。まずいでしょ」

「誰も来ないさ。昼くらいゆっくり休ませろって言ってあるし」

濃紺のスーツの上着を脱いだ龍司はにんまりと口角を上げ、「ほら早く」と催促する。

「昼休み終わっちゃうぞ」

わがままな子どもの頃の彼に戻ったみたいで思わず笑う。

「はいはい」

私の膝枕くらいで快適に眠れるなら、サービスしないとね。

ソファーの端に腰を下ろすと、龍司が私の膝を枕にして長い脚をはみ出させながら横になった。

「ああ、気持ちいいな」

私の膝の上から私の顔を見上げて満足そうに笑った龍司はゆっくりと瞼を閉じる。

そして、瞬く間に眠りについた。

昨夜も床に就いたのは深夜の二時だと言っていた。

龍司の勤務時間は社員のように管理されていないから、実際どれくらい働いているのかわからない。取引先は日本だけではないし、やろうと思えば二十四時間仕事は途切れずにある。

午前中女子トイレで会った秘書課の女性が言っていた。

『本部長は不死身なのかと思うくらい働いていて、ほんとにすごいですよね。たまに私が遅くまで残業をしていると、大抵いつも本部長がいるんですよ』

ロボットじゃないんだもの、不死身なはずはない。寝て食べて、心も体も休めなければ壊れてしまう。でも龍司は時々それを忘れているようだ。

死んだように眠っている彼の額に落ちた髪を、そっと直した。

そういえば幼稚園児だった頃、私の膝の上に強引に頭を乗せてきたことがあったっけ。

なにがそんなにツボだったのか、私を追いかけ回してばかりいた。

強く手を引っ張られて私が泣いて、しょんぼりした龍司は先生に叱られて。そのくせほかの男の子が私に近づくと怒って、男の子同士で取っ組み合いの喧嘩をしたり、龍司のせいで毎日が騒がしかった。

懐かしいな。

でも、いつの間にか私を卒業しちゃったんだよね。

龍司が私の周りからいなくなった途端に、私が望んでいた静かで穏やかな日々が訪れたけれど。

ねえ龍司、と心の中で語りかけた。

ほかの女の子と並んで歩く龍司を見たとき、ショックを受けている自分に気づいたの。

心にぽっかりと空いた穴にヒューヒューと北風が入り込んでようやく、龍司がいない寂しさに気がついた。

初恋と同時に失恋を知ったんだよ？　バカでしょ私。

今さら言っても仕方ないよね。

切ない気持ちを抱えたままジッと見ていると、ふいに龍司が瞼を上げた。

いきなり目が合ってハッとしたものの動けない。

動揺をごまかすように笑みを浮かべて「起きたの？」と声をかけた。

「夢を見たよ。懐かしい幼稚園児だった頃の夢だ」

「どんな夢？」

「お前に怒られていた。『りゅうじくん、わがままはダメよ』ってな」

そんなことを言う彼にクスッと笑う。あの頃、私はよく龍司をそうやって諭していたっけ。

「だって、龍司ったら本当にわがままだったんだもん」

「それでもお前だけだった。そんなふうに注意してくれたのは」

龍司の手が伸びてきて背もたれを掴み、「橙子」とささやいた。

「お前が好きだ」

胸がキュンと熱くなる。

ゆっくりと体を起こした龍司は、動揺する私を包むように抱きしめた。

「お前が想像できないほどに、俺はお前が好きだ」

私を抱きしめながら龍司はすりすりと頬ずりする。

「――龍司？」

どうしたの。なにかあったの？

泣いているはずはないのに、なぜだか悲しみが伝わってくるような気がして、彼の背中に手を回す。

なんて声をかけていいのかわからず、ただ広い背中を撫でた。

私もだよ。私も龍司が好き。

伝えたいのに、喉の奥が震えて声にできない。

私の悲しみと龍司の悲しみが、この温もりで溶けてしまえばいいのに。ひしひしと伝わってくる彼の愛情が、光のない沼に呑み込まれていく。

胸が苦しいよ、龍司。

切なくて、愛おしくて、でもどうしていいかわからない。

ごめんね龍司。

私が、橘橙子なばっかりに。


タクシーを降り、病院を見上げてふと昼間の出来事を思い出した。

午後になり、相変わらず忙しそうに出かけた龍司は、廊下に出ようとして振り返り、

『親父さんによろしくな』と微笑んだ。

先週末もその前の週末も、私は両親には帰ると嘘をつきホテルに泊まった。もちろん龍司は知らないし、お見舞いすら私が止めているから、彼はずっと父に会っていない。

私は嘘つきな娘で、酷い妻だ。父の入院をいいように利用して逃げている。

龍司。大丈夫かな……。

昼寝の後、体を離した彼は『充電完了』と明るく笑ったけれど。

『お前が想像できないほどに、俺はお前が好きだ』

心に深く沁みていく告白だった。

子どもの頃からたくさん彼の『好きだ』を聞いてきたが、あんなふうに切なく響いたことがあっただろうか。

胸の中で、彼のお義父様の視線が脳裏をよぎった。

廊下で会ったときの、虫けらでも見るような冷ややかなあの目を思い出すたびに、私の心は涙を落とす。

本当はいつもの龍司で、悲しかったのは私だけだったのかな。

それなら、いっそそのほうがいい……。

思いを巡らせながらぼんやりと窓の外を見つめていると「橙子、来ていたのか」と声がした。

振り返ると、寝ていたはずの父が起きている。

「お父さん、大丈夫？」

ベッドサイドに行き布団を直す。

「ああ。もうずいぶんよくなったよ」

来週には退院できるだろうと医者が言っていた。

父の回復は当初の予想より少し遅れている。今は顔色もよく、落ち着いて見えるがどうだろう。医者を疑うわけじゃないが父は我慢強くて無理をしてしまう性分だから心配だ。

「お父さん、ヨーグルトでも食べる？　さっぱりするわよ」

「ああそうだな」

早速ヨーグルトを買いに売店に向かうと、また幸人に会った。病院で彼に会うのはこれで三回目だ。

「お見舞い、お疲れ様」

「お互いにな」

スーツを着ているところを見ると、彼も仕事帰りのようだ。

「橙子、時間があるならちょっと話をしようよ」

私はうなずき、幸人と売店を出て待合室の椅子に腰かけた。

「母の退院が決まったんだ。橙子のお父さんは？」

「それはよかったね。父も無事退院できそうよ」

「おお、お互い、よかったよかった」

喜び合った後、両手で缶コーヒーを持った幸人は、気まずそうにうつむいた。

「ごめんな橙子。僕は君に……」

「平気よ、気にしないで。私が黙っていたのもいけないんだし」

安藤さんをランチに誘ったとき、彼女から聞いた。

カフェで偶然幸人と会った後、安藤さんは再びあのカフェで幸人と会ったそうだ。たまたまお互いひとりで、一緒にランチをしたという。

安藤さんから私が龍司の妻だと聞いた幸人は驚いたらしい。

それはそうだろう。あれだけ桐山家を悪く言ったのだから。

「どう？　復讐できそう？」

「やだな、変なこと言わないで」

早とちりの安藤さんからなにか聞いたのね。

「橙子にその気があるなら、僕は協力するよ。桐山家だって叩けばいくらでも埃が出てくるはずだ」

「幸人、いいのよ。安藤さんがどう言ったかわからないけど、復讐なんて私は考えていないわ」

幸人は私のほうに向き直り、真顔で訴えた。

「でも、このままでいいわけないだろう？　だって君の――」

私は彼の言葉を遮った。

「仕方がないわよ。弱肉強食でしょ？　ビジネスの世界は。あなただってよくわかっているはずじゃない」

「龍司さんが……憎くはないのか？」

「どうして？　彼は私を助けてくれたのに」

龍司はお義父様とは違うの。たとえ父を陥れたのが桐山家でも、彼のことを悪く言われるのは悲しい。

「橙子」

哀れむような目をして幸人は私を見る。

「離婚しないのか？」

「しないわよ」

龍司のお父様が父を追いつめたのはきっと真実なんだろう。正直お義父様は憎いし許せない。

でも私はその憎しみを心の隅に追いやり、にっこりと微笑む。

「私は桐山家を信じているもの」

大嘘だ。これっぽっちも私は桐山家なんて信じちゃいない。

「だから桐山家を悪く言わないで」

大丈夫なのかな。こんなに嘘が上手になって。心がゆがんで。そのうちなにが本当なのか、わからなくなってしまうかもしれないね……。

それでも、つき通さなきゃいけない嘘がある。

龍司のために。

誰がなんと言おうと、私は龍司の味方でいたいから。

「心配しないで幸人。私は不幸じゃないわ」

「そうじゃない。違うんだ」

幸人は身を乗り出すようにして私ににじり寄る。

「ずっと君が好きだった。君が結婚さえしていなければ。いや、今からだってまだ」

真剣な瞳に気圧されて視線を下げると、幸人の喉ぼとけが、上下するのが見えた。

「なに言ってるのよ、悪い冗談ね。さあ、私はもう行かなきゃ」

幸人を遠ざけるように体をひねりながら立ち上がる。

「橙子」

「じゃ、元気でね」

背中に強く感じる視線から逃げるように足早に歩くが、追いかけてきた彼は「待てよ、橙子」と、私の腕を掴む。

「幸人？」

いつも穏やかな彼が、まさかそんな強引な態度に出るとは思ってもいなかった。

「冗談なんかじゃないんだ。僕は」

「私は桐山龍司の妻よ。離して」

同じバイト先で働くうち、幸人はあまりに優しいから……もしかしたら彼は私を？

と、思ってはいた。

気づかないふりをしていたのは、幸人を好ましくは思っていても、恋愛対象として見られなかったから。

告白されればはっきりと断るつもりでいたし、今も気持ちは変わらない。

「あの男を愛しているわけじゃないんだろう？」

「あなたにはわからないわ」

幸人だけじゃない。私の気持ちなんて、きっと誰にもわからない。

「あなたがどう思っても、私は龍司を愛しているの」

言ったそばから、心がズキッと痛んだ。

「嘘だ」

嘘だったらどんなに楽か。忌まわしい桐山一族の人間だと憎むだけの相手なら……。

「さあ、離して。人が見ているわ」

状況に気づいたのか、ハッとしたように幸人は私の腕から手を離した。

「心配してくれてありがとうね」

苦しそうに顔をゆがめる幸人に、もう一度「さよなら」と告げた。

同時に、心の縁にこびりついていたかさぶたが剥がれ落ちた気がした。

はっきりと見えた自分の想い。

私は心から龍司を、彼だけを愛している。これからもずっと桐山龍司の妻として、彼と生きていたい。それだけでいい。


あくる日の午前中、私は久しぶりに世田谷《せたがや》の我が家に帰った。

ブレスレットをくれたとき、龍司は『金曜は連れて帰るぞ』と威張っていたのに、パーティーだったのを忘れていたようだ。以前安藤さんが言っていたパーティーだろう。

『すまないな橙子。帰ってくるのは来週でもいいぞ。土曜も用事ができたんだ』

わかったと答えたものの、私は最初から帰ると決めていた。あさっての父の退院を見届けて、完全にこの家に帰ってくるつもりだ。

秘書はいつまで続けたらいいか、今後の身の振り方を龍司に相談しようと思う。

そして復讐は浮気を誤解した冗談だったとも伝えなきゃ。

今度こそ、桐山龍司の妻として彼に寄り添っていくために。


土曜の午後、スーツケースを手に、胸を弾ませて我が家の前に立った。

門をくぐると、車庫にあるはずの龍司の車がない。自分で運転して出かけたようだ。

玄関の扉を開けて、念のため「ただいま」と声を上げて廊下を進む。

室内は静まり返っていて人の気配はなかった。

荷物をいったんリビングのソファーの上に置き、部屋の様子をぐるりと見回した。

私が帰らなかった二週間、ハウスキーパーはやはり頼まなかったらしい。リビングのテーブルの上に、書類や専門紙が置きっぱなしになっている。クリーニング屋のビニールに包まれたワイシャツ数枚が、ダイニングの椅子の上にかけてあった。

流しの中には洗っていないグラスがひとつ。

とりあえず、そのグラスを洗う。

この広い家で、私もひとりでいたけれど、龍司もひとりでいたんだね。

ふたりの家なのにと思うと、涙が込み上げてきそうになり、大きく息を吸って気持ちを切り替えた。

しっかりしなきゃ。妻として彼を支えるために帰ってきたんだもの。

エプロンをつけて気合いを入れ、家事に精を出す。なにしろこの邸は大きいから、拭き掃除をして、お風呂を磨いているうちに窓の外は暗くなってきた。

龍司、今夜は帰ってくるのかな。

スマホにメッセージを送ろうかと悩み、結局送れないまま夜の九時になった。

もし帰ってきたら一緒にと思っていたビーフストロガノフを皿に盛り付ける。ワインセラーから適当にワインを一本取り出して開けた。

映画を見ながら、グラスを傾けているうちに夜十時。車が敷地に入ってくる音がして、スイッチが入ったように胸が高鳴る。

間もなく玄関の扉が開く音がする。龍司が帰ってきたのだ。

龍司、私がいて喜んでくれるかな。

期待と不安を胸にドアを見つめていると――。

「来てたのか」

驚いた顔の龍司はビジネススーツを着ていた。

「うん。仕事だったの？」

「ああ、ちょっとな」

テーブルの上のワインボトルを見た彼は「ワインか、俺も飲もう」と、頬を緩ませうれしそう。

「食事は済ませたの？」

「食べたが――。うまそうだなぁ」

「わかった。用意するから、先にお風呂をどうぞ」

龍司がお風呂に入っている間に、追加のおつまみを用意する。

冷蔵庫から魚介のマリネを取り出し、ミモザサラダを作っているうちに、気づけば胸が躍るように楽しくなっていて、鼻歌なんか歌っていた。龍司が帰ってきただけなのに、こんなに浮かれちゃってバカみたい。

もしかしたら、もうワインに酔っているのかも。

再びリビングに現れた龍司はバスローブ姿で、濡れ髪で。私は目のやり場に困った。はだけて見える胸もとが逞しくて、フェロモンだだ漏れよ、と注意したくなる。

「こうして、ふたりで飲むのは久しぶりだな」

「そうね」

初めての夜を迎えたあの日以来かな、と思いながらワインを口にする。でもあのときはワインじゃなくてシャンパンだったっけ。

フルボトルのワインは渋い。龍司が好きで、食事に行くといつも飲んでいた。つられて何度か一緒に飲んでいるうちに、この渋味も含めて私もすっかり好きになったんだよね。

「出張が決まったんだ。今度はしばらく帰ってこられないと思う」

えっ？

ズキッと心が痛んだ。

私たちようやく夫婦らしくなってきたところなのに。また私を置いてどこかに行ってしまうの？

「もしかして、中東？」

「ああ、そうだ」

密かに胸を撫で下ろしワインを飲んだ。

ドバイなら今度は私も一緒に行けるよね。この前そう言っていたもの。

ふいに立ち上がった龍司が、ローボードの引き出しから取り出した一枚の紙を差し出す。

――え？

なにかの冗談かと思った。

「やだ、私が復讐なんて言ったから、仕返し？」

思わず、あははと笑う。だっておかしいもの。これは離婚届だよ？

龍司は軽く肩をすくめ「自由にしてやるよ」と言う。

よく見れば、すでに龍司側のサインは済んでいる。

「どうして？」

「わかっているだろ、俺たちは一緒にいても幸せになれない」

やけに落ち着いている龍司の目を見て、彼はすでに結論を出していたのだとわかった。

離婚……。するの？　私たち。

喉が締めつけられたように、ゴクリと苦しそうな音を立てた。

彼はいつ離婚を決めたんだろう……。もしかしたら膝枕をして、私を抱きしめたときなのかな、とショックで回らない頭の中で考えた。

「橙子や両親が今後困らないだけの慰謝料を払うから、心配するな」

「なに言ってるの。もう散々助けてもらったのに、受け取れないよ」

「いや、俺の気持ちだから」

そんなに悲しいことを言わないでよ。

別れるときまで私の心配をするの？

「龍司……」

理由は？　なぜ離婚しなきゃいけないのか、言ってくれないの？

龍司は静かにワインを飲み、スプーンでビーフストロガノフをすくい口に入れると、瞼を落としたまま薄く微笑む。

「うまいな」

こんなときまで、うれしそうにしなくていいのに……。

込み上げてくる涙を、ぐっと呑み込んだ。

ここで私が泣いたら龍司を困らせてしまう。

『お前が想像できないほどに、俺はお前が好きだ』

私は龍司の告白を信じている。

なにかあったのね？　どうしても別れなきゃいけない理由が、私の知らないところにあるんでしょう？

わかったわ。私は寄り添うって決めたから、あなたがそう決めたなら、その通りにするね。

「それなら……」

私は精いっぱい微笑んだ。

龍司、想い出を作ろう？

私たち夫婦の想い出を心に刻みたい。

「妻である証に、私を抱いて」

龍司は驚いたように一瞬目を見開いた。

そのまま聞き流すように横を向く彼のもとに行き、正面から腕を回して抱きついた。

「冗談で言ってるんじゃないの。このままじゃ終われない」

そっと私の体を離した龍司は「橙子……」と困ったように視線を外す。

「今はまだ夫婦でしょ？」

龍司は瞼を閉じフッと微笑むと、あらためて私を見た。

「私はあなたの妻よね？」

「ああ、そうだな。お前は俺の妻だ」

私の頬を伝う涙を親指で拭いながら、龍司は小さく笑う。

「また泣くのか。自分から言い出しておいて」

「違うの。嫌だからじゃない」

初夜の誤解も解かなければ。

「あの夜も、少し怖かっただけなの。私初めてで」

龍司は私を抱きしめた。

「バカだな。俺が初めてでいいのかよ、離婚するっていうのに」

答える間を与えないように、体を離した龍司はそのまま唇を重ねてくる。

あのときどうして泣いたのか、自分でもよくわからないでいたけれど、今ならわかる。

私はね、買われた妻なのが悲しくて泣いたんだ。

どうせなら、龍司。あなたと普通に恋愛をして結婚したかった。

でもそうじゃなかったから、あなたの気持ちが信じられなかった。同情かと思うと悲しくて。

龍司が私を好きだったのはずっと昔の話で、一度離れたあなたは、それきり私の前には現れなかった。

好きだというなら、どうして連絡をくれなかったの？

その疑問がわだかまりになって、心の中でくすぶり続けていた。

「龍司、最後にひとつだけ、教えて」

「ん？」

首筋に唇を這わせる龍司の頭を抱えるようにして聞いた。

「私のこと、好き？」

顔を上げた龍司が「決まっているだろ。何度言ったらわかるんだ」と微笑む。

「俺はお前が好きだ」

龍司。それならどうして？

「愛してる。橙子……これまでもこれから先も、俺にはお前しかいない」

ささやく龍司の甘い声が、電流のように背中を伝わっていく。

繰り返されるキスの波に溺れ、気が遠くなりそうだ。

「あぁ……」

漏れる声を抑えようとした手を龍司が掴み、指と指が絡み合う。

妖艶で少し甘い龍司の匂い。逞しくて、いつだって頼もしかった龍司の胸と、背中と。初めてあなたを迎える痛みもすべて、忘れないように心に刻む。

私も愛してるよ、龍司。

誰よりもずっと、あなたを心から愛してる。

私たちそれでも別れなきゃいけないの？
龍司、私はまたあなたに、失恋しちゃうんだね。

◇いつかのように笑えるなら

「説明しなさいよ」

怒気のこもった声が耳に届くが、どこか現実感がない。

「龍司！」

仁王立ちの千春《ちはる》が、くっきりした二重の大きな瞳でキリキリと俺を睨む。

彼女は蒼山ＩＳの同級生だ。

艶めく長い髪。身長は一七三センチといったところか。腰の位置が高くスタイル満点で、どこから見ても見栄えする彼女は、テレビコマーシャルで見かけるような人気のファッションモデルだ。睨む姿も堂に入っている。

「私の話、聞いてる？」

「あ、うん。聞いてるよ」

千春には悪いが、俺の頭の中は、ついさっき逃げるように出ていった橙子でいっぱいだ。

「どうして、あなたの妻の橙子が私に『おじゃましました』って言って出ていくの？」

とりあえず俺は肩をすくめてみせる。

なぜ千春がこんなに怒っているのかなどと考えるまでもない。俺は睨まれて当然のことをした。

一週間前、橙子に離婚を告げて、妻である彼女を最初で最後に抱いた。

俺も橙子も、何事もなかったように仕事をこなし、そして金曜の昨夜、退社した橙子から、荷物を取りにくるというメッセージがあった。

その時点での明日。すなわち今日の午前十時半頃に来るという連絡だった。

こんなこともあろうかと、俺はここ数日考えていた作戦を実行した。橙子に徹底的に嫌われるよう企んだのだ。

了解と返信を送ってから、すぐさま千春に電話をかけた。

『例の宝石商、明日でどうだ？　ちょっと早いが午前十時で』

『わかったわ。家に行けばいいのね』

『ああ。住所は――』

以前から千春に信用できるイスラエル人の宝石商を紹介する話をしていた。俺はその約束を利用したのだ。

蒼山ＩＳにいた当時からすでに売れっ子モデルだった彼女は学校を休みがちだったし、橙子と千春は今でも連絡を取り合うほどの仲ではないはずだ。橙子の口から千春の話を聞いた記憶もない。

俺の作戦を実行するには、ある意味ちょうどいい存在である。思えば橙子から離れようとした高校生のときも千春に協力してもらった。それも含めて適役だ。

約束通り、千春は午前十時に来た。

『どうぞ』

『おじゃましまーす』

家に入った千春は『橙子は？』とは聞いたが、深くは考えなかったようだ。

『今ちょっと出かけてる。すぐ戻るよ』という俺の言葉をそのまま信じた。

千春は俺が昔から橙子一筋だと知っているし、俺に会いにきたわけじゃないから疑問にも思わなかったのだろう。

『そう。はい、実は頂き物なんだけど』

千春は申し訳なさそうに貰い物という手土産を差し出したが、この時間じゃ店が開いていない。買えなくて当然だ。

『サンキュー。悪かったな朝から。宝石商はもうすぐ来ると思う。俺は書斎で仕事してるから適当に待っててくれ』

「はい。わかったわ」

コーヒーを出し、テレビのリモコンを千春に渡して、俺はリビングを出た。

俺の書斎は玄関とリビングの中間にあり、リビングを出て廊下を左に進むとバスルームと寝室がある。俺が向かったのは廊下の左、書斎ではなくバスルームだ。

風呂上がりを装うために、髪を濡らしてシャワーを浴びた。

濡れ髪をタオルで軽く拭いただけでバスローブを羽織り、書斎に行って間もなくだった。

インターホンが鳴った。

橙子が来たのだ。

『早かったな』と言っても十時二十分。予定より十分早いだけだが。

濡れ髪にバスローブという俺を見て『ごめんね早くに』と橙子は言った。

橙子はいつも俺の寝不足を心配していた。また寝るのが遅かったんだろうと、気遣っていたに違いない。

そんな彼女を俺はこれから傷つける。

傷つけて、とことん嫌われるんだ。

そう思いながら廊下を進む橙子のうしろをついていった。

『パンを買ってきたわ、もし朝ご飯がまだなら――』

言いながら誰もいないと思ったのだろう。

無防備にリビングに入った橙子と、ソファーに座り振り返った千春が、それぞれにギョッとしたように目を見開いた。

千春が驚いたのは、俺がこれ見よがしにバスローブの前をはだけさせていたからだろう。

橙子は、千春を見てどう思ったか。

朝十時、離婚した夫が風呂上がりの姿で女と一緒にいれば、普通に誤解したはずだ。

なにも知らない千春は気を取り直したように『橙子、久しぶり』と明るく声をかけた。

『久しぶり』

橙子はそれだけ言って俺にパンが入った袋を差し出し『出直すわ。おじゃましました』と玄関に引き返した。

『悪いな。もう少し遅いかと思ったからさ』と、酷いセリフを吐いて橙子を見送り、俺はすぐにイスラエル人バイヤーに電話をかけて、ただちに来るよう伝えた。

あらかじめ近くのコインパーキングで待機していたバイヤーはものの数分で家に来た。

その間に着替えた俺はバイヤーを出迎え、千春が俺を問い詰める隙を与えなかった。商談が成立し、バイヤーが帰ったのが数分前。千春が俺を睨んでいるのは、そういう理由があるからだ。

「ちゃんと説明して、どうして橙子が出ていったの？　明らかに誤解していたわよね？」

「大丈夫だ。千春に迷惑はかけない」

「答えになっていないわ。龍司、あなた橙子を傷つけるために私を利用したの？」

「いや、それは」と言い淀んだが、千春の言う通りだ。

「あなたサイテーよ」

気の短い千春は鬼の形相で俺の頬を平手打ちにした。思い切り。

パチーンという見事にクリーンヒットした音が響く。

「橙子の分もね」と、さらにもう一発。

「イッテェ」と呻く俺を残し、千春は出ていった。

ガランとした邸でひとりになると、心まで空っぽになったような気がした。

軽いのとは違う。形をなくして散り散りに消えていくような空虚さ……。

「はぁ」

ソファーの背もたれに体を預け天井を見上げた。

天井は凝った造りになっている。段になった縁は木製のコンビネーション。

リビングの天井って、こんなだったのか。

橙子のために買った家。時間がなくて新築はできなかったが、それでも橙子の心が晴れるようにと明るさを重視したリビング。使いやすいかなと思った広いダイニングキッチン。橙子の身長に合わせて急いでリフォームさせた。

全部、橙子のためだった。

ヒリヒリと頬が痛み、心の中でサンキューと千春に礼を言ってみた。なん万分の一かもしれないが、罰を受けられたような気がして。

橙子……。ごめんな。

俺を憎んでいいんだぞ。そして忘れてしまえ、なにもかも——。

夕方、気を取り直してスマホを手に取った。

「田野倉、俺がドバイにいる間に、俺の部屋の荷物を実家に運んでおいてくれ」

『引っ越しですか？』

「いや、橙子と離婚した。もし、彼女から鍵が送られてきた場合は家の処分も頼む」

このまま住んでいいんだぞとは言ったが、どうせ橙子はいらないだろうし。

『離婚……した、のですか？』

「ああ。届けは橙子が役所に提出するから」

もしかするともう提出されているかもなと思って苦笑する。

「親父の望む通りにしてやるよ。その代わり頼む、二度と橘家には手を出さないでくれ」

『わかりました』

最後にもう一度、絶対にな、と念を押して電話を切った。

これでよし。

それからひと眠りして、水の夢に行った。

「どうしたんだ。それ」

「ん？」

明良が、俺の頬を指差す。

「なんか、赤くないか？」

「あー、これな。千春にひっぱたかれた」

「え？」

訝しげに片方の眉を上げる明良に、今日の出来事をひと通り聞かせた。

「バイヤーと取引が終わってから、千春に問い詰められてな。そして平手打ちというわけだ」

「お前なぁ。昔となにも変わってないじゃねぇか」

「変わってたまるか。俺は俺だ」

高校に入った頃、橙子から離れるために、千春に頼み込んで付き合っているふりをしてもらった。女をとっかえひっかえするのも面倒になったからだ。

事情を話すと、俺に追いかけられて困っている橙子に同情していたのもあって、千春は渋々ながら協力してくれた。

あのときは承知の上だったから問題なかったが、今回は騙し討ちだ。千春が怒るのも無理はない。

「状況を説明すれば、また千春は許してくれるんじゃないのか」

「かもな。でも今回ばかりは秘密だ。明良、頼むぞ、言うなよ」

明良はため息をつき、「ロミオとジュリエットかよ」とあきれるが、俺は口の端で苦笑した。そんなかっこいいもんじゃない。

ロミオとジュリエットは同じだけ愛し合っていた。俺たちは違う。俺が一方的に橙子に執着していただけだ。

「もういいんだ。これで橙子も家族も安心して生きていける」

父は狂っている。

『龍司、橙子には子どもを産ませるなよ。子どもはほかの女にしておけ。あの男の血を桐山に入れるわけにはいかないからな』

まるで俺にお気に入りのおもちゃでも渡すように言った。

父にとって橙子は人形だ。人格など見えなくなっている。俺がこのまま橙子に執着し、もし橙子が妊娠すれば、父はなにをするかわからない。

俺はただ橙子に幸せになってほしい。それだけなんだ。

俺なんかさっさと忘れて――。

込み上げる想いを振り切るように、バーボンをあおる。

熱くなった喉が苦しくてやりきれないが、それも今だけだと、自分に言い聞かせた。

俺のためじゃない。すべては橙子の明るい笑顔を取り戻すため。

「明良。俺はな、橙子が幸せならそれでいいんだ」

うつむく俺の肩を明良が叩く。

「龍司……」

橙子の父は二度と東京には戻らないと言っていた。

どうか長生きしてほしい。俺の代になれば忌まわしい因縁など綺麗さっぱりなくすから。

そのために俺は桐山に残ると決めたんだ。

「俺はしばらくまたドバイに行く。やけに俺を気に入ってくれた王子がいてさ。今度は女でも紹介してもらうかな」

「そりゃいい、よりどり好みだな」

ああ、そうだ。

だが、俺はわかっている。

世界中どこを探しても、橙子に代わる女なんていやしないんだ。

＊＊＊

「どう？」と、部屋から未希の声がする。

私は振り返って「いい眺めだね」と答えた。

ここは未希の部屋。ロフトがついたワンルームはとても広く、高級感に溢れている。

エステティシャンとして成功しただけあって、おしゃれで快適な住まいだ。

三階のベランダから外を見ると、目の前にある公園が見下ろせる。ライトアップされた木が淡く輝き、池のせせらぎが光を反射して幻想的な空間を作り出していた。

「この景色が気に入って決めたからね。缶ビールを飲みながら見下ろしていると疲れが消えていくんだ」

未希の言う通り、私の荒んだ心もいくらか慰められるようだった。

「さあ橙子、飲もう」

「うん」

振り返りベランダを後にしてリビングに入った。

大きなビーズクッションに腰を下ろした未希が、グラスにワインを注ぐ。

「はい、どうぞ」

「ありがと」

テーブルの上にはワインクーラーのほか、宅配で頼んだ惣菜やピザがところ狭しと並んでいる。すでにお風呂も借りて寝間着に着替えているから、酔いつぶれても心配がない。

「さあ、飲んで食べて。嫌なことは全部忘れましょ」

「うん。そうだよね」

飲まなきゃやっていられない。ワイングラスを手に、ごくごくと赤い液体を一気に流し込んだ。

「橙子ったらダメよ。おなかになにか入れなきゃ。ほら先にピザ食べて」

今日の午前中、荷物を取りに〝もと〟我が家に行った。

昨日のうちに連絡はしたし、なんだったら一緒に食べようと途中でパンも買った。

私たちは憎しみ合って別れるわけじゃない。彼が中東に行ってしまえば、おそらくもう二度とふたりきりでは会えなくなるだろう。

最後にもう一度、ふたりで食事をとるくらいはいいよねと思った。

それに、落ち着いた気持ちで、離婚の理由を聞いてみたかった。あの夜は具体的な理由は聞けなかったから。

私を愛しているという龍司が。宝物のように私を優しく抱くあなたが、どうして離婚を選んだのか。

私には聞く権利くらいあると思ったから。

それなのに龍司のやつ。

「いったいなにがあったの？　離婚の原因聞きに行ったのよね？」

一部始終を未希に話して聞かせた。


「どうして千春が」

「私に見せつけるために呼んだのよ」

「浮気を装ったってこと？」

「でしょうね。あの様子じゃ」

未希が怪訝そうに眉をひそめる。

「千春は普通に服を着ていたけど、龍司を見てギョッとしてたわ」

妻の私でさえ、玄関のドアを開けた龍司を見て驚いたんだもの。

先週末の余韻が心に残っていたから、うっかり胸をときめかせてしまった。千春を見て熱は一気に冷めたけれど。

「千春にも謝りたいくらいだったわ。バスローブがかろうじて肩に引っかかってるって感じで、上半身裸も同然なのよ？」

「ええ？」

せっかく公園の夜景で気持ちを落ち着けたはずが、イライラの虫が首をもたげる。なんなのよ、あの恰好。失礼じゃないの。私にも、千春にも。

ピザをひと切れ食べると、むくむくと怒りに力が湧いてきた。

「龍司はなんだかんだ言って千春が好きなのよ。私は当て馬だったの」

千春の顔を見て思い出した。

私が龍司に失恋したあのときのことを。

いろんな女の子といるようになった龍司に笑顔はなかった。でも、千春といるときだけは違ったのだ。誰にも見せないような楽しそうな顔であははと声を上げていた。

私はピンときた。龍司は千春が好きなんだなって。

「いや、それはないでしょ」

「私にはわかるの！」

声を荒らげる私に、未希がギョッとしたように目を剥いた。

「うれしそうに鼻の下伸ばして、千春の周りをうろうろしちゃって」

あいつめ、人をコケにして。

ふいに未希が笑い出した。

「なによ」

「橙子ったら、なんだかんだ言いながら、よく見てたんだなぁと思って」

痛いところを突かれて言葉に詰まり、腹立ちまぎれにフライドチキンにかぶりつく。

どうせ千春には相手にされないくせに調子に乗っちゃって、まったく情けない。

「離婚よ、離婚！　あんなやつ」

未希も私の剣幕に乗せられて「そうだ、そうだ！」と片腕を上げる。

あさって龍司は再び中東へと向かうが、それだっておかしいのだ。今後しばらく海外出張はないと言っていたはずなのに。

結局ほんの少ししか、彼は日本にいなかった。

「変なの。龍司ったらなんのために橙子と結婚したんだかわかんないわね」

未希がため息をつく。

橘家の借金を肩代わりして、資金援助をして。挙句の果てに慰謝料までくれるという。

未希の言う通りだ。いったいなんのために結婚したのよ。

『橙子や両親が今後困らないだけの慰謝料を払うから、心配するな』

私はいらないと言ったのに、それじゃ気が済まないと龍司は引かなかった。

「バカよ……」

私にお金をくれるためだけに、籍を入れたみたいじゃない。

もしかしたら、そのためだったの？

龍司のお父様が父にした仕打ちの罪滅ぼしのために結婚したの？

『俺はお前が好きだ』

あの言葉は、なんだったのよ。信じていたのに私を傷つけるのはなぜ？

結局最後まで龍司の心はわからなかった。

理解できたのはひとつだけ。

私たちの関係が終わったのは、夢ではなく現実だということ。

週が明け月曜日になったが、桐ヤマ商事を退社した私には行くところがない。

先週父は無事退院し、田舎に引っ越す準備を始めた。なにも知らない両親は、当然のように私は行かないものとして進めている。

ようやく落ち着いた父に離婚話をするのは忍びなく、言えないがゆえに実家には帰りづらかった。

土曜日曜と続けて未希の家に泊めてもらったけれど、これ以上は厚意に甘えられない。仕方がないので、とりあえず龍司がいなくなった世田谷の家に来た。

『俺はこの後実家に行く。ここにはもう帰らない』と龍司は言っていたから、どこかに部屋を借りるまで、荷物をまとめたりしながらこの家にいるしかない。

そして、今後の身の振り方を考えなければ。

バッグから離婚届を取り出し、ため息をつく。

必要事項はすべて記載済み。さて、いつ提出しようか。

桐山橙子として手続きが必要なものはなんだろうと考えた。

桐ヤマでの事務手続きは龍司がすると言っていたから問題はないが、私が登録した人材派遣会社には自分で行かなくちゃいけない。

今日は疲れたからゆっくりするとして明日にでも出かけよう。

離婚届をバッグにしまい、あらためて室内を見回した。

手を伸ばせば届く棚と、私の身長に合っているちょうどいい高さのキッチン。なによりも気に入っているのは明るいリビングで、ソファーに座って外を眺めていると、いつの間にか口もとがほころんできたものだ。

緑の絨毯の芝生にそよそよと風になびくトネリコの細い枝。季節の花が咲く花壇には今、マーガレットやダリアが咲いている。

契約している花屋さんが定期的に訪れて、手入れをしてくれた美しい庭。

龍司がいなかった半年間。ずっとひとりだったけれど、この明るいリビングと素敵な庭のおかげで、寂しくはあってもそれほど悲しくはなかった。

遠い昔。落ちぶれるまでは私の実家もこういう暮らしぶりだった。

明るいリビングに花が咲く広い庭。生まれたときからそんな生活が普通で、友だちの家も同じようだったから、あの頃はなんの疑問にも思わなかった。

懐かしいとは思う。

でも、戻りたいかと聞かれれば、そうでもないと、今の私は答える。

ありきたりでいい。

こんなふうにセレブリティな暮らしを満喫できなくても月並みで。

龍司が桐山家の人じゃなくて、大きなしがらみのない普通の家の人だったら、どうだったかな……。

郊外の住宅地に夢のマイホームを建てるのを目標に、ふたりでがんばって働いて。

あれで意外と龍司はまめだから、洗い物とかお風呂の掃除当番とか受け持ってくれるだろうし、早く帰れば夕ご飯を作って待っていてくれるかもしれない。

『お疲れ。飯作っておいたぞ』と迎えてくれる龍司の笑顔が目に浮かぶような気がした。

好きだったんだよ、龍司。

せめて最後に、それだけでも伝えたかった。離婚しなくてもいい方法はないのと相談したくてパンを買ったのに。

龍司……。

あさって、彼は中東へ行ってしまう。

◇解いた糸から見えたもの

どうにもよく眠れない。そのせいか体調もいまいちだ。

部屋の片付けをしながらぼんやりとして一日をやり過ごし、さらにもう一晩、眠れない夜を過ごし、重い腰を上げた日は水曜日になっていた。

予定では今日、龍司は中東へ旅立つ。

いつまでもこうしてはいられない。たとえ這ってでも、私も前へ進まなきゃ。

自分を叱咤して出かける準備を整え、人材派遣会社に来た。

受付で用件を告げ一瞬迷う。

水越くんを呼んでもらおうか?

水越明良。彼は私や龍司の同級生で、この会社の専務取締役だ。

彼と龍司は昔から仲がよく、婚姻届も離婚届の証人欄にも彼のサインがあった。今回の私たちのゴタゴタについても、龍司からなにか聞いているはず。

「担当を呼びますので、どうぞあちらでお待ちください」

「はい」

ぎりぎりまで悩んだが、結局水越くんの名前は出さなかった。

ここは彼の職場だ。プライベートを持ち込んでは申し訳ないと思い遠慮した。聞いたところで、私と龍司の関係が終わったことに変わりはないのだから。

小さな会議室で待っていると、現れたのは前回と同じ担当者だった。桐ヤマから話が伝わっていたらしく、必要書類に記入をするだけで用件は終わった。

「手続きのほうはこれで完了ですね」

「お世話になりました」

もらった書類をバッグにしまおうとすると、担当者が小さな封筒を差し出した。

「うちの水越専務からです。お会いしたかったそうなんですが、ちょうど出かけていて。お見えになったら渡すようにと言われていました」

「ありがとうございます。よろしくお伝えください」

外に出たところで早速封書を開けてみた。

中にはメモと、ショップカードが一枚入っている。カードに記載された店名は水の夢。龍司からいつか一緒に行こうと言われていたレストランバーだ。

【九時過ぎならだいたいこの店にいる。ごちそうするよ　明良】

このメモをくれたとなると、私になにか伝えたいのだろうか。

だとしたら話を聞いてみたい。

離婚届の役所への提出は人材派遣会社の帰り道に済ませるつもりだったけれど、今日にこだわる必要はない。水越くんに会ってからでも遅くはないもの。


その日、夜が更けるのを待って、私はレストランバー水の夢に向かった。

ショップカードに、看板はないと手書きの注意が書いてある。

『人見知りのマスターがいる隠れ家のような店なんだ』と龍司が言っていた。知る人ぞ知る、言い換えればマニアックな店なんだろう。

渋谷の路地を進み、目指す雑居ビルの目印は一階のやきとり屋。こちらは変わった店名なのですぐに見つかった。

水の夢はこのビルの五階にあるという。エレベーターに乗っても案内板の五階に店名はない。その代わり水面を思わせるモチーフが表示されていた。

五階で降りると、ドアがあり、小さなプレートには【水の夢】と書いてあった。

Members only とあるが、預かったメモがあるからきっと大丈夫なはず。

扉を開けると、ドアベルが鳴り——。

「あっ」と思わず声が出た。

カウンター席に、水越くんだけじゃなく千春の姿が見えた。とっさに閉じようとした手が「橙子」という声でぴたりと止まる。

細く息を吐き、気持ちを落ち着けた。

ここで逃げても仕方がない。ちゃんと話をしたほうがこの先悩まずに済む。

「いらっしゃいませ」

水越くんがマスターになにかを話す。私を友人だと説明してくれたのかもしれない。あらためて「どうぞ」と、マスターが微笑んだ。

水越くんに促されたのはカウンター席で、千春の隣のスツール。ついさっき、水越くんが座っていた席だ。

「こんばんは橙子。この前はどうも」

「こんばんは」

顔が引きつっていませんようにと祈りながら、そっと腰を下ろす。

中学高校と私の同級生で、人気ファッションモデルの千春。両親ともに有名芸能人というサラブレッドの彼女は、淡々とした表情でいつも遠くを見ているような孤高の人だった。

その佇まいがかっこよくて多くの女の子同様、私も彼女に憧れていた。

「橙子、なに飲む？　シャンパンでいいか？」と言ったのは水越くん。

「うん」

私が一番好きなお酒はシャンパン。というのは龍司と入籍し、青山のレストランを貸し切り、友人を招いた簡単な結婚披露パーティーで振る舞ったシャンパンが、驚くほどおいしかったから。

フルボトルのワインも最近のお気に入りだけれど、シャンパンは特別感がある。

でも、どうして水越くんは最初からシャンパンって？

もしかして龍司が、私が好きだって言ったのかな。いつだったか、『橙子はなにが好きなんだ？』と龍司に聞かれて、私は『シャンパン』と答えた。

でも考えすぎよと、ため息をつく。よく覚えていないけれど、結婚披露パーティーで私が自分から言ったのかもしれないし。

お通しに出されたのはカナッペ。小さなクラッカーの上にアンチョビやチーズがこんもりと載っている。そのほかにサラダ類、どれもこれもおいしそう。

グラスに手を伸ばしひと口。シュワシュワと弾ける泡が芳醇なフルーティーの香りを広げ、甘すぎず爽やかな味わいを残しながら喉に落ちていく。

おいしいけれど、今夜のシャンパンは、やけに口に苦い。

この状況が私の味覚を変化させているのか……。隣に座る千春の存在をひしひしと感じる。

もうひと口と思ったとき、千春がふいに「橙子」と言った。

「私、龍司を殴っておいたわ」

千春を振り向いた私は思わず「えっ?」と耳を疑った。

「ごめんね。橙子の旦那さんなのに、でも橙子の分も殴っておいたの」

「えっ……と。どうして、そうなったの?」

千春はすべて話してくれた。

どんなふうに龍司に呼び出されて、なにがあったのか。

「でも大丈夫よ。最初から千春を疑ってないわ」

私は精いっぱいの微笑みを千春に向けた。

気持ちに嘘も偽りもない。彼女が人の夫を取るような人じゃないとわかっているから。

「私はただね、龍司の意図がわかったから出ていっただけ」

「橙子……」

「ごめんね千春。巻き込んじゃって」

「いいのよ。橙子が謝る必要はないわ」

「ありがとうね、私の分も殴ってくれて。なんだったらピンヒールで踏んづけてもいいから」

あははと笑ってから、ごくごくとシャンパンを飲み干した。

「私たち離婚するの」

千春はやはり知らなかったのだろう。「離婚？」と言ったきり固まった。

「どうして？　なんで？」

「実はね、理由を水越くんに聞こうと思ってここに来たの」

私と千春、四つの目が、水越くんに集中した。

「おっと、なんだよ」

「離婚届の証人なんだから、なにか聞いているでしょう？」

苦笑を浮かべつつ微かに首を傾げた水越くんは「なにが知りたい？」と聞く。

「龍司は結納金とか慰謝料とか、お金でうちを助けるために私と結婚したのはわかっているわ。罪滅ぼしなのよね？」

桐山家の名誉に関わるから具体的には言えない。それでも私が言わんとしている意味が、彼にはわかるはず。

そこで千春が「ねえちょっと」と割り込んだ。

「私にはお金とかはさっぱりわからないけど、龍司が結婚する理由なんて橙子が好きだからっていう以外はゴミでしょう？」

「ゴミ？」

「龍司にとっちゃ、ゴミみたいな理由ってこと」

千春が私の背中に手を伸ばして撫でた。

「高校生の頃ね、龍司に頼まれたの。〝俺が千春を好きなふりをするから協力してくれ〟ってね。理由を聞いたら、橙子に迷惑かけてるみたいだからって」

「迷惑？」

「橙子が皆に冷やかされて困っているのを見かけたらしくてね」

そんな理由で？

「私は……てっきり、龍司が私に飽きたのかと思ってた」

呆然とする私に、千春が「まさか」と微笑む。

「龍司はずっと橙子しか見ていなかった。『なぁ千春、橙子はもうからかわれていないか？』って、心配ばかりしていたのよ」

そうだったんだ……。

途端に体の力が抜けて、額に手をあてたままテーブルに肘をつく。

「あいつは橙子バカだからな」と水越くんが笑う。

「ほーんと。龍司の頭の中は橙子しかないのよね」

じゃあ千春、それならどうして龍司は、途中で私の手を離すんだと思う？

「私の、ためなの？」

離婚も私のために？

水越くんは、それには答えずシャンパンを私のグラスに注ぐ。

龍司……。

「そんなの、少しもうれしくないのに」

私のせいで龍司が苦しんでいるんだとしたら、その苦しみを分けてほしかった。自分だけが悪者になればいいなんて悲しすぎるじゃない。

一緒に背負わせてよ。どんな重荷だとしても、今の私は耐えられるから、ひとりで抱え込まないでほしかった。

「橙子、龍司はそういうやつなんだ。わかっているだろう？」

わかってる。だけど――。

店を出る頃には決めていた。

どうせ離婚をするんだもの、なんでも聞いてやろう。

肩を並べられなくても、せめて龍司がなにを背負っていたのか、たとえ欠片でもいいから拾いたい。

このままじゃうしろが気になって、前を向けないから。


そして次の日、私が向かったのは桐山家。

今日は土曜だから、お義父様がいるかもしれないと思って来た。もしお義父様がいなければお義母様に聞こう。おふたりともいらっしゃらなければ出直すしかないし、いても追い返されるかもしれないが、それでもいい。

すべて覚悟の上で、連絡をせずに来た。

高級和菓子を包んだ風呂敷を胸の前で抱え、大きな門の前で深呼吸をする。

龍司がドバイのお土産にとくれたブレスレットを左手の手首につけてきた。右手でブレスレットごと手首を握り、気持ちを落ち着けて、ゆっくりと顔を上げる。

門は閉ざされている。

前回来たときは龍司と一緒だったから、自動的に開いたけれど、今回はそうはいかない。インターホンを探していると、どこからか警備員が歩いてきた。

「突然すみません。橙子が来たと伝えていただけますでしょうか」

「はい。お待ちください」

いったん中に戻った警備員が再び現れた。

「どうぞ」

ホッと胸を撫で下ろし、中に入る。

通されたとなると、お義父様はいらっしゃるのか。

緊張しながら石畳のアプローチを進むうち、玄関が開いて男性が現れた。

白髪が交じる髪をすっきりと横に流しているあの人は、田野倉さんだ。これまでも何度か会っている。

結婚が決まったときと、この家に挨拶に来たときも会った。あとは会社でも。

「いらっしゃいませ」

「すみません急に」

「いえ、ちょうど主《あるじ》も在宅ですのでよかったです」

手土産の包みを田野倉さんに渡し、後に続いた。

「今日はどういったお話で？」

「理由を伺いに来ました。私が嫁として認められない理由を知りたいと思いまして」

止められるかと思ったけれど、田野倉さんは「そうですか」と、優しい微笑みを浮かべてうなずくだけだった。

お義父様はリビングにいらっしゃった。

「急に申し訳ありません」

高い天井に、歴史を思わせる重量感のある設えを背景に、ソファーに座ったお義父様は新聞に目を落としたまま、顔を上げない。

否が応でも緊張感は増し、まだ目を合わせてもいないのに蛇に睨まれた蛙よろしく私は身を細める。

それでも今日の私は違う。ブレスレットに手をあてると勇気が湧き、呼吸が落ち着いてきた。

数秒なのか数分なのか、永遠に続くと思われた沈黙は新聞を閉じる音とともに終わり、お義父様がゆっくりと顔を上げる。

「どうぞ、座りなさい」

「はい」

新聞をテーブルの上に置いたお義父様は、メガネを外して私を見る。

「それで、なんの用かな？」

最初に記入済みの離婚届を差し出した。

「私が認めていただけない理由と、私の父が追いつめられる理由を教えていただけませんか」

「聞いてどうする？　離婚するなら関係ないだろう？」

「離婚したくないからです」

お義父様は、顎を上げてハハッと笑う。

「橘の血だよ。正確には君の祖父の血だ。その血が流れる者を見逃すわけにはいかない」

やはり……。

「お前も案外心の狭い女だな。全部なにもかも龍司に助けてもらったのに、受け入れられないとは」

受け入れられない？　なんの話？

「えっと、それは……どういう」

「たかが子どもはダメだというだけなのに。愛人が嫌なら代理母でもいいじゃないか。それすらダメとは」

振り返った彼は大きく目を見開いた。

「橙子？」

ぜいぜいと息を切らせながら「言い、忘れ、てたから」となんとか声にすると、龍司は笑って私の背中をさする。

「どうした、大丈夫か？」

「大丈夫」

背伸びをして、背の高い龍司の首に手を回した。

「橙子？」

龍司、今までずっと、お義父様からあんなふうに言われていたんだね。

私のせいで。

「ごめんね、龍司」

「なに言ってんだ」

笑いながら私の背中を両手で抱きしめてくれる彼の温もりを感じながら、ゆっくりと語りかけた。

「私ね、龍司が初恋だったんだよ」

「嘘つけ。お前は嫌がってただろ」

首に回していた手を離し、龍司の両頬を掴む。

「私はね、冷やかされるのが嫌だっただけで、龍司を嫌いだったことは一度もないよ？」

怪訝そうに眉をゆがめる龍司に、そっとキスをした。

「不良から助けてもらったお礼に、プレゼントを渡そうとしたの」

「えっ？」

「そうしたら、龍司はプイッて背中を向けて行っちゃった」

「俺はてっきり――」

違うんだよ、龍司。

「気持ちに気づくのが遅くて、バカだよね私も。それからはもう、龍司はほかの女の子と一緒にいたから、私は初恋に失恋したとばっかり」

「橙子。そうだったのか？」

みるみる龍司の顔がゆがむ。

「今さらだよね」

右手で自分の額を隠すようにする彼を、私は目に焼きつけるようにジッと見た。

「結婚して、私は龍司を愛してたのに、どうしたらいいか、わからなくて……。いい妻じゃなくて、ごめんね……ごめん龍司」

私は龍司の胸に頬を寄せ、私たちは人目も憚らずにしばらく抱き合った。

「俺こそごめんな。ごめんな、橙子」

「いいんだよ。私、龍司に助けてもらえて幸せだった」

わかってる。こんなに好きなのに、それでも私たちは一緒にいられない。

離れたくないけれど、一緒にいたら龍司を苦しめるだけだから。

「心配しないで、私必ず幸せになるよ」

龍司にもらったお金で豪遊して、もっといい素敵な人見つけるよ。なんて言いすぎか。

あとはなんて言えばいいんだっけ。言い忘れていないかな。

「本部長、そろそろ」

時間切れだ。

高村さんの声で、どちらからともなくゆっくりと体を離した。

「体に気をつけてね。ちゃんと寝るんだよ」

「ああ。お前もな、元気で」

なにかを振り切るように龍司はくるりと背を向けて歩き出す。

バイバイ龍司。

しっかりと見届けようと思うのに、溢れる涙が邪魔をして、龍司の姿は途中から見えなくなった。

◇明日のために

月日が経つのは早いもので、もう十一月。橘の姓に戻ってから約半年が経つ。

二カ月前の九月から、私は働き始めた。

ここは『太刀花設計事務所《たちばなせっけいじむしょ》』という小さな建築事務所。ハローワークで、経験のある建築という職種の中から〝たちばな〟という名前を見つけ、面接のときの所長の穏やかな人柄に惹かれて決めた。

アットホームな温かい雰囲気に包まれた素敵な職場だ。

期間は三カ月という短期のアルバイト。残すところあと半月だけれど、もう少しいてほしいとお願いされたので、年内はここで働こうと思っている。

心と体のリハビリを兼ねて始めた仕事は、ほどよく忙しくてちょうどいい。今日も土曜の休日出勤で、暇を持て余さずに済んだ。

ふぅ。よし、これで完了。

「できました」

「ありがとう、助かったよ」

白髪頭の所長が目を細くして微笑む。

「これで終わりですか？」

「もう大丈夫だ。悪かったね、休みなのに」

「いえいえ、どうせ暇ですし」

家にいれば余計なことを考えてしまうから、呼び出されてちょうどよかった。

「じゃあ皆、お茶にしよう」

所長の奥様が持ってきてくれた差し入れのケーキを皆で囲むと、同じく休日出勤している女性社員が瞳を輝かせた。

「うわー、おいしそうなモンブランですね」

「和栗なんだって。さあ食べて。コーヒー淹れるわね」

女性社員が「ひとり暮らしだと、ケーキひとつは買いづらくて」と言う。

「そうなんですよね」と同意する私も彼女と同じひとり暮らし。

結局私は両親と一緒に田舎へは行かなかった。

というよりも、行けなかったというのが正解で、私は離婚の報告がどうしてもできなかったのだ。もともと桐山と橘の両家に行き来がなく、離婚が桐山家から漏れ聞こえる心配もなかった。

ちょうどよかったというのも変だが、私は世間に対し存在を隠された妻だったから、私が言わない限り両親の耳には入らないだろう。

もちろんずっと隠せるとは思っていないし、いつかはちゃんと説明するつもりだけれど、もう少し時間がほしい……。

そんなことを思いながら食べるモンブランは、甘く、心なしかほろ苦い。

コーヒーを飲みながら新聞を読んでいた所長がふいに「ああ、これか」と言った。

「いやね、昨日うちの取引先の銀行員が言ってたんだよ」

第五銀行の頭取が不祥事で交代するというニュースの話だった。

所長が聞いた話によれば、愛人の店の不正融資が発覚したり、巨額の計画倒産に関わっていたりと様々な悪事が発覚したという。特別背任罪の容疑で逮捕されるらしい。

ふと思い出した。第五銀行といえば父が起業したTaba商事を苦しめた銀行だ。

「きっかけは内部告発だそうだから、今頃万歳してる人がたくさんいるんだろうね」

やれやれと、所長が左右に首を振る。

正直、私も万歳しているうちのひとり。

父の会社が倒産に追い込まれたのは、頭取が首を縦に振らなかったのが原因だったと聞いた覚えがある。内部告発で逮捕されるなんて、よほど性格が悪い人なんだろう。

久しぶりに、胸のつかえが下りたように心がスッとした。

「では、お先に失礼します」

「はーい。お疲れ、ありがとうね」

荷物をまとめて廊下を出る。

この小さいビルは三階建てで事務所があるのは二階。カンカンと高い音を立てて細い階段を下りる。

夕方の四時過ぎなのに、通りへ出ると西日が射していた。十一月の中旬ともなると風も冷たくて、マフラーを首の上まで引っ張り上げて歩き出した。

新しく借りたマンションは世田谷にある。

私と龍司の家の近くだけれど、特に意味はない。離婚が決まってすぐ引っ越し先を見つけたかったから、目に留まった近くで決めただけ。引っ越し屋も頼まず、何度か行き来して荷物を運び込み移り住んだ。

ひと月ほどゆっくりと心を休めて、就職もしたしひとり暮らしにも慣れてきた。

両親は田舎暮らしが気に入ったようだ。体調がすっかり快復した父は、早くも地元の農家の青年たちと一緒になにか始めたらしい。元気そうで本当によかった。

今の私にはなんの悩みもない。

こんなに平和でいいのかなと、むしろ不安になるほどだ。

父がタチバナを辞めたあの日からずっと、私はいつもなにかに追われるように生きてきた。そんな生活に慣れすぎてしまったのか、気持ちに余裕がありすぎて、考えなくていいことまで考えてしまう。

たとえば、彼は今どうしているのかなぁとか。働きすぎで病気になっていないかな、とか。考えたところで不毛なのに――。

歩きながら「はぁー」と、大きく息を吐いた。

ん、今なにか？

ふいに誰かに見られている気がして横を向く。立ち止まって見回してみても、こっちを向いている人はいない。

時々こんなふうになる。

遠くから視線を感じるような気がして、そのたびに龍司が迎えに来てくれた？　なんて思ってしまうのだ。

そんなはずはないのにね。

龍司は日本にはいないだろうし、空港で別れてからなんの連絡もない。

「橙子ー。おーい」

今度ははっきりと聞こえた声にハッとして振り返ると、手を振って走ってくる男性がいた。

「幸人？」

「やっぱりそうだ。久しぶり。追いかけてよかった」

ゼエゼエと幸人は肩で息をする。

視線は気のせいじゃなかったようで、ちょっとホッとした。思いがけない相手ではあったが。

「仕事だったの？」

土曜日なのに幸人はスーツにコートを羽織り、ビジネスマンらしい恰好をしている。

「ああ。今帰るところ、橙子は？」

「私も帰るところ」

「夕飯どう？　少し早いけど」

ちょうど気晴らしをしたい気分だったから、迷わず「うん」と答えた。

誘われるまま近くのレストランバーに入り、幸人と会ったのはいつ以来だろうと考えて、背中がヒヤリとした。

あ……。私、幸人に告白されたんだっけ。いろいろあったから、すっかり忘れていた。断ったほうがよかったか。

メニューの上からちらりと見ると幸人と目が合った。

思い出した途端、気まずくなる。

「決まった？」

「えっと――じゃあ、マルゲリータで」

「ドリンクは？　ワイン？　ビール？」

「グラスワインにしようかな」

それだったらと、幸人はボトルワインを頼んだ。

「橙子はどうしてるのかなって、ずっと思ってたんだ。よかったよ、会えて」

さて、どう答えたものか。テーブルの下に隠した私の左手に、指輪はない。

「離婚したって聞いたから」

ズキッと心が痛む。

「知ってたんだね」

苦笑するしかなかった。私たちの結婚は公にはなっていないから、離婚が噂になるほど知られていないと思ったのに。

「少し前に桐山さんとドバイのパーティーで一緒になってね。同伴していた女性と親しそうだったから、桐山さんに聞いたんだ」

　再び胸が傷ついた。

「そうなの」

〝親しそう〟って、いったいどんな女性と一緒だったんだろう。

　聞きたいところを我慢して素知らぬふりをするのは、ささやかな見栄。気にしたところで私にはもう関係ないと、自分に言い聞かせる。

「幸人って、彼と話をするような間柄だったの？」

「僕の仕事もエネルギー関係だからね。海外のプロジェクトで一緒だったりするし」

　以前はそんなふうには言っていなかったのに。

「彼と僕とじゃ全然立場が違うから、せいぜい挨拶するくらいだったんだけど、最近は少しね……」

　言い訳のように語尾を濁した幸人は、ワイングラスを手に取った。

「まぁとにかく、再会を祝って」

　私もグラスを手にして軽く傾け、ワインをひと口含む。

　舌触りのよい無難な甘味とフルーティーな香りが、口内に広がる。

おいしいけれど、私はもっと辛口がよかったな。ついでに言えばボトルで飲むなら赤ワインにしてほしかった。濃厚なフルボディを、ほんの少しずつ味わうのが好きなのに。

むくむくと湧き上がる不愉快な気分は、ただの八つ当たりなんだろう。離婚を知っていたからといって幸人はなにも悪くはないのに。

でも、わざわざ龍司が女性と一緒にいた話までするのはどうかと思う。

「橙子、離婚の理由聞いてもいい？」

「――彼は、なんて言ってた？　幸人はどんなふうに聞いたの？」

「奥様は同伴していないのかって。彼は『妻とは別れたんですよ』って言ってた。詳しく聞けるほど親しくはないから、それ以上はなにも」

「そう」

「彼も大変だな」

「え？」

「いや」と、口ごもる幸人を睨んだ。

「もう、なによ。そんなふうに意味深に言われたら気になるでしょ？」

あはは、と笑った幸人は、ポリポリと頭を掻くような仕草でごまかす。

「ごめん。確信のない話なんだけど、今日聞いたもんだから、つい」

幸人の話は意外なものだった。

不動と言われた桐山帝国が揺らいでいるというのだ。

「代表が交代するかもしれないっていう噂でね」

え？　あのお義父様が？

「どうして？」

「詳しくはわからないけど、桐山社長の体調がよくないらしい」

「そうなの……」

元気そうだったのに。

どう受け止めたらいいかわからず、瞼を伏せてマルゲリータに目を落とす。バジルの香りとふっくらと焼けた縁。おいしそうなのに、食が進まない。

「僕は正直、いい気味だって思ったよ」

「幸人？」

視線を上げると彼は不愉快そうに顔をゆがめていた。

「だってそうだろ？　あいつらのせいで橙子のお父さんは」

「その話は、ごめん。私、もう聞きたくないの」

「そうか。そうだよな。ごめんな」

左右に首を振って微笑んだ。幸人は私のために怒ってくれているのはわかっている。

でも、あいつらとは言われたくない。龍司を彼のお父様と一緒にされるのは嫌だ。

「橙子は、それで今どうしてるの？」

「ん？　あ、ああ。設計事務所でね、働いてるんだ」

「まさか、生活に困っているわけじゃ？」

「それはないわ」と思わず笑った。

本来なら働く必要はない。離婚して龍司から振り込まれた慰謝料がある。私の口座には一生かけても使いきれない金額が刻まれているから。

でも、いつかは返すつもりだ、もらう理由もないし。

「そうか、それならいいけど」

「やっぱり働かないとね。私、貧乏性なのよ」

それから他愛もない話を続けたけれど、私はどこか上の空だった。

〝桐山帝国が揺らいでいる〟

龍司、あなたは大丈夫なの？

＊＊＊

「わかった。サンキュー」

明良からの電話を切って、リビングのソファーに体を預けた。

『橙子が店に来たぞ。誰かになにか聞いたようだ』

あの男か。――冬野幸人。

今日、通りを歩いていて橙子を見かけた。

見つからないようビルの陰で立ち止まった後、あの男が駆け寄る姿が見えたのだ。

橙子の大学時代の友人だというあいつ――。

以前から顔は知っていたが、話をしたのはドバイのパーティーで会ったときが初めてだ。

あの男は『奥様はご一緒ではないのですか？』と聞いてきた。

橙子は表舞台には出ていない。うちの社員なら知っていても不思議はないが他社の人間がなぜ知っているのか。

あえて怪訝そうに『君は？』と聞いた。

『私は橙子さんの友人です。大学の同級生で』

あの男は挑戦的な目をして、俺と連れの女を交互に見た。

『いつも一緒ですよね？』

パーティーでは女性同伴という機会も多い。俺が連れていた女性は、現地の社員が紹介してくれた、いわばコンサルタントのような人物だ。現地の政治家に通じている有能な人材で、向こうにいる間よく行動をともにした。あくまで仕事の付き合いで。

『橙子とは、離婚したんでね』

『そうでしたか』

意味ありげに、にやりと口もとをゆがめたあの男の顔を思い出し、思わず怒りが込み上げる。

「あーっ、くそっ！」

頭を抱えてテーブルに肘を突くと、ふいに「失礼します」と声がした。

ハッとして振り向くと田野倉がいた。

「大丈夫ですか？」

「なんだ。部屋まで勝手に入ってきやがって」

「すみません。お返事がなかったので。シャワー中でしたか」

田野倉の視線が俺の目からバスローブに移る。

シャワー中だったわけじゃない。バスルームから出た後、インターホンのベルより明良からの電話を優先しただけだ。

この部屋は少し前に借りた。

実家に帰る気にはなれず、ドバイから戻ってしばらくはホテル暮らしをしていたが、それも落ち着かなくて借りたマンションだ。

管理の都合上、田野倉には鍵を預けてある。

「それで、なんか用なんだろ？」

「一度帰ってくるようにとのことです」

「ようやく決意したのか？」

それには答えず田野倉は曖昧に薄く微笑んだ。

「俺を酷い息子だと思うだろ？」

「いえ」

「嘘つけ」

「旦那様は、盲目になっていらした。私は龍司様が間違っているとは思っていません」

正論だな。だが善悪だけでは語れない。

俺がしたことは、人としてどうかといえば決して褒められはしないだろう。

「ご自分を責めないでください」

答える代わりに首を上下に振る。同意はできないが、田野倉の心配はわかるから。

「俺は大丈夫だ。気にするな。明日と言わず今から行くよ。車で待っててくれ」

「はい」


半月ほど前、おかしな郵便物が届いた。

消印は都内だが差出人はない真っ白の封筒。ごくありふれた書体で印字された宛名シール。陽の光にかざしてみたりして、少し悩んでから開けると、中に入っていたのはUSBメモリがひとつ。ほかにはメモ一枚すらなかった。

記録されていたのは音声データといくつかの書類。現在世間を賑わせている第五銀行の元頭取と、父とのやりとりがほとんどだった。

父は、元頭取の愛人の口座に数千万の金を入金している。名目は骨董品の購入。骨董品に価値はない。橙子の父への融資をぎりぎりで止めてもらう見返りに、最初から贋作だとわかっていて買っていたのだ。

それだけじゃない。逮捕されたあの元頭取はインサイダー取引でも逮捕されるかもしれない。それに父が関わっていた。

父は世間話のように情報を提供している。もし、ＵＳＢに記録された音声データが警察の手に渡れば、父は幇助犯に問われる可能性だってある。

会話は十年前のタチバナでの騒動についても触れていた。父は現在のタチバナの代表と元頭取と三人で、橙子の父を陥れていたのだ。

『しぶとい男め。さすがにもうあきらめただろうがな』

悪夢でしかない。父の楽しそうな笑い声を俺は一生忘れないだろう。

橙子と離婚すると報告したとき、母は泣いた。

『お父様を許してあげて』と。

『おじい様がいけないのよ。あの人はかわいそうな人なの』

父には二歳年上の兄がいた。優秀で人柄もよく将来を嘱望されていたらしい。だが交通事故で亡くなっている。父が十八歳のとき、目の前で。

『お父様は、おじい様に〝お前が死ねばよかったんだ〟と泣きながら言われたそうよ』

その祖父は十五年前に病死した。

なるほどな。

ここ最近、父の健康不安説がささやかれている。

まことしやかに噂を流していたんだろう。役員どもの動きが活発なのはそのせいだ。

見たところ父は落ち着いている。

口調も淡々としているようだが、なにを思うのかはまったくわからない。

「父親を引きずり下ろしたのも全部、橙子のためか」

「それだけじゃない」

わけのわからぬ理由で目の曇った経営者がトップでは、いつか必ず桐ヤマは行き詰まる。実際父は不正にまで手を染めた。

桐山家の責任として、俺は大勢の社員を守らなきゃいけない。

「まぁいい。ただひとつだけ、お前に頼みがある」

父はジッと俺を見る。

冗談じゃない。俺は席を立とうとした。

「頼む龍司。桐ヤマを辞めないでくれ。どんな立場でもいい桐ヤマを」

「やめてくれ」

そうやって、俺にも呪いを吐くのか？

「桐ヤマは私の命だ」

聞きたくない！　俺は思わず拳を握りギュッと目を閉じた。

「なぁ、本来なら警察に差し出すものを出せない俺の気持ちがわかるか？　結局こうやって——」

橙子にも本当の話ができずにいる俺の気持ちが、あんたにわかるのかよ。

なぁ親父。

「桐ヤマは桐山家のものじゃない。俺が出さなくても告発者がリークすれば、どっちみち俺も終わりだよ」

「龍司」

もうたくさんだ。

返事をせずに、そのままリビングを出た。

廊下には母がいた。半年ぶりの母はやつれていて、目にたっぷりの涙を溢れさせている。

「母さん——、ただいま」

「お帰りなさい」

「ごめんな……」

「いいのよ。お父様は私に任せて」

言いたいことは山ほどあるだろうに、母はスッと涙を拭い笑顔を向けてくれた。

もう一度母に謝り、俺の部屋に向かう。久しぶりに入った室内は綺麗に片付いたまま、昔となにも変わっていなかった。まるで時間が止まったように。

「はぁ……」

ドアを閉めて、そのまま床に崩れ落ちた。

もう、なにもかもたくさんだ。


週明けの出勤はつらかった。

心身ともに、鉛のように重たい自分を引きずって、執務室の自席に腰を下ろすと、体が沈み込むような感覚になる。

ピピッと小さくアラームが鳴る。

仕事に没頭するうち、時間の経過もよくわからないまま昼になっていた。

「失礼します」

秘書の高村は入ってくるなり「大丈夫ですか？」と俺の顔をジッと見た。

「なんだよ」

「いえ、死相が出ているような」

「かもな」

突っ込むのも面倒で適当に流した。

「とりあえず昼食にしましょう。英気を養わないと」

高村は手にした仕出し弁当の箱を応接セットのテーブルに置いた。

「ちゃんとお休みになってますか？」

寝たいが眠れない。父とあんな話をした後に熟睡できるほど、俺は強くはないんだろう。情けないよな。

「酒の量でも増やすか」

「またそんな冗談を。主治医に薬を処方してもらいましょうか？」

「いや、週末いろいろあって眠れなかっただけだ。幸い俺は引きずらない質なんでね、今日は早く寝るよ」

高村は田野倉や父の秘書とこまめに連絡を取り合っている。週末のいろいろがなにを指しているか知っているはずだ。

「なぁ高村、お前、告発者に心あたりあるんじゃないのか？」

高村はそれには答えない。

「話は後にして、温かいうちに、さあ。どうぞ」

高村は恐ろしく勘が鋭い。俺の何倍も。にこにこと笑みを浮かべながら、素知らぬ顔でおしぼりを渡すが、なにか知っているに違いない。

食えない男だが付き合いが長いだけに、俺にはわかる。たぶん気づいていたはずだ。

昨日、マンションに戻ってから冷静になって考えてみた。

USBを送ってきたのは誰なのか。

父の動向は俺も探っていた。指をくわえて見ていたわけじゃない。

第五銀行の頭取と会っているのも、タチバナ物産の現社長と親しげに会っているのも知っている。

頭取に愛人がいるのもわかっていたし、繋がりだけならすべて見えていた。

だが、ゴルフ場や料亭での会話までは聞こえない。用心深い父には忠実な部下がいるから、そう簡単に誰かに探らせるわけにもいかなかった。

一番可能性があるのは頭取だ、あの男は脇が甘い。おそらく情報の流出はそこからだろうが――。

テキストファイルに書かれていた俺宛のメッセージ。

ファイル名は、〝桐山龍司様〟。

【すべてはあなたに託します。お好きなようにお使いください。 from T】

〝T〟と考えて、最初に浮かんだのは橙子だった。

もしくは橙子の父。橘氏。どちらもTだ。

『あなたに復讐をしようと思って』

手段はともかく、ありえなくはない。

だが当時、橙子や彼女の家族が父の動きを知っていたら、この証拠を手に阻止できたはずだ。やはり、可能性は低い。

それをせずに、今になって俺に渡す理由がある人物……。

俺がUSBを受け取り、ときを置かずして頭取の身辺が騒がしくなった。

偶然なのか同じ告発者によるものなのかはわからないが、最初は笑い飛ばしていた父が看過できなくなったのは、間違いなく頭取の逮捕劇があったからに違いない。

「おいしいですね」

ほぼ空になりかけてから、ようやく高村が話し出した。

「老舗料亭の弁当はさすがに違いますね」

「高かっただろ？　いくらだよ」

「気にしなくていいですよ。Tさんからの差し入れですから」

え？

「冗談です。さっき田野倉さんが来て置いていったんです。社長の分とついでだそうです」

「やっぱりそうなのか？」

高村が、にやりと口もとをゆがめる。

「私は知りませんが。ほかに考えられませんし」

T。田野倉。

「本部長を、呪縛から解いてあげたかったのではないでしょうか」

「俺の出方を予想した上でか？」

「ええ。まず、本部長が警察沙汰にするのは考えられません。社長ひとりの問題ではありませんから」

確かにその通りだ。俺はまず桐ヤマの損害を考えた。

我が家だけの問題じゃない。父の逮捕はなくとも代表の不祥事となれば、数千、子会社も考えれば数万の社員が迷惑を被る。

「本部長。いえ、龍司さん、あなたのためですよ。きっと」

「俺にどうしろっていうんだよ」

「これで手を打ってくれ。桐ヤマの未来のために。というTさんからの声が聞こえるような気がします」

「俺じゃなくたって、一族の誰かを据えればいいだろ」

「いいえ。ダメです。わかってるはずですよ」

高村は澄まして言う。

「正直申し上げると。誰ひとり使えません」

「お前もはっきり言うな」

「とりあえず——」

それから高村は父が社長を退いた後の十年、二十年のビジョンを語り始めた。

父が去った桐ヤマを任せる誰か。優秀なだけじゃダメだ。覇権争いや足の引っ張り合いに勝てるだけの力があって……。

コーヒーを飲みながら高村の話に耳を傾け、その一方で橙子を思った。

結局俺は、桐山家を離れられない。

橙子。俺たちは、いつまで経っても遠いな……。

＊＊＊

設計事務所での仕事帰り、未希のサロンに寄った。

忙しい未希と心置きなく会うならば客として店に来るのが一番だ。綺麗にもなって一石二鳥。

あぁ、気持ちいい。

フェイスマッサージ中はあまり口を開けられない。腹話術のように「寝ちゃいそう」とささやいた。

「そういえば、桐ヤマ。龍司のお父さん代表を降りるらしいわよ。そのまま引退かもって」

「え？」

思わず口と目を開けた。

「もう少しだから、我慢しなさい」

「はい」と、また目を閉じる。

「さっきね、お客様が言ってたの。ご家族が桐ヤマにお勤めの方だから、今後どうなるかって心配してたわ」

そうなんだ……。

「退任の理由は健康不安だって。次の代表は桐山一族じゃないらしいの。龍司は子会社に異動になるってよ」

「子会社？」

それって、もしかして左遷？

マッサージがいち段落して、最後のパックに入る。

「じゃあごゆっくり」

照明が落とされて、鳥のさえずりが流れるフュージョンに耳を傾けた。

いつもなら気持ちよく眠りに誘われるはずが、今日は一向に眠くなる気配がない。

眠気の代わりに、未希から聞いた話が次々と脳裏に浮かんでくる。

龍司のお父さんが病気……。龍司が子会社に異動。

『代表が交代するかもしれないっていう噂がね』

幸人の話は、ただの噂じゃなかったのか。

桐ヤマでなにかが起きているとしても、私にはもう関係ない。そう割り切れればいいけれど、やっぱり気になる。

悶々とするうち、長いような短い時間が過ぎて照明が明るくなる。パックの時間が終わったようだ。

「ねえ橙子。今日飲みに行かない？　この後のお客様がキャンセルになって空いたんだ」

「ほんと？　よかった」

ちょうど行きたいところがある。

水の夢に行けば、水越くんもいるかもしれない。彼ならなにか知っているはずだから。

水の夢にはタクシーで向かった。

「でも会員制なんでしょ？　私入れるの？」

「平気平気。マスターに聞いたら、おかしな客が来ないように形だけなんだって」

来週はもう十二月だ。クリスマスが近づくにつれ街は賑やかになっていく。

イルミネーションがあちこちできらきら輝いて、今にもジングルベルが聞こえてきそう。

「もう年末なんて信じられない。クリスマス前は予約でキュウキュウなのよね」

いつも忙しい未希はしみじみと声を上げた。

「皆デートに備えるのね」

「そうよ。私は恋人もいないっていうのに。あー。一年が早すぎるー」

「ほんと」

私にとっても、あっという間の一年だった。

去年結婚したばっかりなのに、今年にはもう離婚だなんてね。駆け足すぎるでしょ。

「来年も同じこと言ってそうで怖い」

「ほんとだよ。怖っ」と笑い合う。

「おお。未希か？　久しぶりだな」

「久しぶり、明良」

ハイタッチをするふたりは中学生の頃、喧嘩をするほど仲がよかったのを思い出した。

どうやら水越くんは友人と待ち合わせをしていたらしい。後から入ってきた男性とほかの席に移動した。

龍司のお父さんの病状や龍司の異動について聞きたかったけれど、今日は聞けないかもしれない。

「こぢんまりして素敵なお店だね。照明も備品もアンティークな感じで落ち着く。すごくおしゃれ」

「ほんと。いいお店だよね」

今夜は龍司を忘れて、未希との時間を楽しもう。

そう決めた矢先だった。

再びドアベルが音を立て、姿を現した客は――。

龍司？

どうしたの、そんなにやつれて。

龍司の顔にも背中にも以前にはない影がある。痩せたようだし疲れているにしても、少し変ではないか？

入ってすぐカウンターに顔を向けた龍司は私に気づかない。

「よっ、久しぶり。どうした珍しいな、こんな時間に」

水越くんが声をかけた。

「仕事が早く――」

答えながらカウンターに座ろうとしたとき、ようやく龍司が私に気づいた。

私のただならぬ気配に振り返った未希が「あっ」と声を上げたのと、座ろうとしてスツールに伸ばした手を止めた龍司が「出直すわ」と言ったのは同時だったと思う。

そのまま店を出ようとするうしろ姿に、私は猛烈に腹が立った。

私の顔を見て逃げるなんて、失礼じゃない？

「橙子」

「ちょっと行ってくる」

店を出た龍司をそのまま追いかけた。

「待ちなさいよ。どうして逃げるの！」

振り返った龍司は片方の口角を皮肉っぽく上げて「ずいぶん元気そうだな」と肩をすくめる。

「返事になってない」

「別に逃げるわけじゃないが、そっちが嫌なんじゃないかと思っただけだ」

なにかがおかしい。

私たちが空港で涙の別れをしたのは、こんな再会をするためじゃない。つらくてもお互いの幸せを喜び合うためだったはず。

それがどう？

痩せただけじゃない。彼はまるで死神のように感情のない瞳をしている。

私の知っている龍司は、いつだって情熱の炎を燃やしていたのに。

「龍司、ちゃんと寝てるの？」

「ああ」

「お父さん病気って聞いたけど」

もしかしたらそのせい？

龍司は、ハハッと乾いた笑い声を上げる。

「そう簡単にくたばる親父じゃない」

それならなぜ。

「子会社に異動って聞いたけど」

私がそう言った瞬間、彼はゾッとするほど冷ややかに、私を見据えた。

「橙子――。お前には関係ない」

冷たい声で突き放すように言い切り、くるりと背を向けた彼は、エレベーターに乗る。

そして私には一度も目もくれず、閉じる扉の中に消えていった。

頭の中でこだまする『お前には関係ない』。

思えばこんなふうに、龍司に言葉で直接拒絶されたことはなかったかもしれない。

確かにそうだね。私にはもう、関係ないんだよね……。

＊＊＊

年が明けて、父の退任が正式に決まった。

次期社長は桐山一族ではない叩き上げの専務取締役。世間の評判は上々、株主も新生桐ヤマを祝福してくれたようで、株価は予想以上に上がった。

一族よりも桐ヤマの未来を重視した父の結論には、正直俺も驚いたが同時に胸のつかえがストンと下りた。

父の理性は、ちゃんと残っていたのだ。

だが、寝耳に水だった桐山一族の面々は激怒した。実家に押しかけ大変な騒ぎになっている。

まぁいつかは落ち着くだろうが。

「失礼します」と入ってきたのは秘書課の女性、安藤だ。

「打ち合わせに来ている双来商事の方が、ご挨拶だけでもと言ってますがどうしましょう？」

「わかった。会おう」

双来商事とは一緒に進めているプロジェクトがある。その件で来ているのだろう。軌道に乗ったところで担当者に任せ俺は実働部隊から抜けたがまだメンバーには入っている。

「誰が来てる？」

安藤が上げた中には冬野幸人の名前もあった。

「冬野さんはいらっしゃるたびに本部長は再婚しないのかと聞くんです」

「なぜだ。俺の再婚なんかあいつに関係ないだろ」

「気になっているんですよ。橙子さんをずっと狙っているみたいですから」

エレベーターを待つ間も安藤はしゃべり続ける。

「本部長から離婚したって聞いたってうれしそうに。最近は橙子さんとよく会っているらしくて」

普段の安藤らしくない言動に、思わず顔をしかめる。この女、こんなにおしゃべりだったのか？

「安藤。仕事の話以外は俺にしなくていい」

いい加減うんざりして釘を刺した。

「はい。すみません……」

エレベーターが到着し、俺が乗ると安藤は中に入らずに頭を下げた。

自分も用事があって階下に下りるんじゃないのかよ。わざわざくだらない話をするためについてきたのか？　なんなんだ、あの女。

扉が閉まりひとりになると、心置きなく思い切りため息をついた。

「はぁー」

橙子は会っているのか、あの男と……。

先週、水の夢で橙子を突き放したのは、ほかでもない俺自身だ。

彼女の幸せを願っているのは嘘じゃない。誰よりも笑っていてほしいし、明るく穏やかに毎日を過ごせるよう心から祈っている。

掴んでもらいたい幸せの中には当然温かい家庭も含まれている。だけど橙子。

だからって、相手が俺の知っている男なのはどうなんだ？

冬野は叩き上げのエリートだ。特に悪い評判も聞かないし、ドバイにいても女遊びをしているなんて話も耳に入ってはこなかった。

だが、あいつはダメだ。あんなふうに狡猾そうな目をする男に、お前を幸せにはできない。

「失礼します」

会議室に入ると、すでに打ち合わせは終わっていたらしく、皆リラックスした様子でコーヒーを飲んでいた。

「ああ、桐山本部長。お忙しいところすみません」

「いえいえ。こちらこそ」

視界の隅で冬野の存在を確認し、思わず顔をしかめそうになる。

「実は担当の入れ替わりがありまして」

冬野が出て、別の担当者が入るという。

「そうですか。で、冬野さんはどちらの担当に？」

「オーストラリアのほうの担当になります」

「すると、今度はＬＮＧですか？」

ＬＮＧ、液化天然ガスの多くをオーストラリアから輸入している。

そういえば冬野は、中東は苦手だと言っていた。あの独特の雰囲気がなんとなく肌に合わないとか。

オーストラリアは好きらしく「ええ」と、にっこり笑みを浮かべている。

「じゃあ向こうに？」

冬野は「ええ。引継ぎが済めば」と、うなずく。

行け、さっさとひとりで行きやがれ。向こうの金髪美人でもなんでも捕まえて、いっそ帰化してしまえ、二度と日本には帰ってくるなよ。

「ご活躍をお祈りしてます」

心の中で罵りながら、うまく橙子から離れてくれそうだなと、にんまりと笑った。

雑談が終わり帰り際、冬野が思い出したように「あ、そうそう」と振り返った。

「週末の大使館のパーティー、桐山さんも行かれますよね？」

うなずきながら「ええ」と答えると、冬野は不敵な笑みを浮かべた。

「私も行くんです。では会場でお会いしましょう。楽しみにしています」

楽しみってなにがだよ。

いちいち意味深な言い方をするな。嫌な野郎だ。


パーティーは女性を同伴する。

俺は秘書の安藤と行く。仕事関係である以上問題はないが、通常妻帯者の場合は妻を。独身の場合は身内や恋人をエスコートする。

俺は結局、一度も橙子と一緒にパーティーには行っていない。考えてみればパーティーに限らず、ふたりで連れ添って出かけた思い出はわずかだ。

それでもこの腕に抱いた橙子の温もりは一生忘れないだろう。

俺の人生において、妻と呼べる女は橙子だけだ。これから先も橙子のようには誰も愛せない。胸を張っても仕方ないが、そう言い切れる。

だが橙子は違う。

俺じゃない誰かの隣で、たとえば冬野に腰を抱かれて。美しいドレスを着てパーティーに出席するんだ。

こんなふうに――。

「あ、冬野さんやっぱり橙子さんと一緒だわ」

なにが楽しいのか、安藤がはしゃぎ出す。

「本部長、ご挨拶しませんと」

「そうだな」

言われなくてもそうするさ。心の準備はしてきた。

憂鬱の種は早めに摘んだほうがいい。俺はふたりに向かってまっすぐに進んだ。

「こんばんは」

一緒についてきた安藤が「素敵なドレス」と声を上げる。

「お久しぶりです。こんなところで橙子さんと会えるなんて」

橙子は落ち着いた様子で「お久しぶりです。安藤さん」と答えていた。

妙に誇らしげな冬野と簡単な挨拶を済ませて、きびすを返す。

心得てきたとはいえ五分が限度だ。

経済産業省の役人を見つけ、そのまま挨拶に向かった。今夜は仕事に集中しよう。

俺にはそれしかない。

見たところパーティーの客層はいい。実権のある官僚も多くいるし、同業者の実力者も首を揃えている。仕事の話をしていれば時間はあっという間に過ぎるはず。

「待ってくださいよ、本部長」

足早に奥へと進む俺を安藤が追いかけてきた。

「別に一緒にいる必要はないだろ。お前も人脈を増やしておけよ」

「えっ、でも一緒にいてもいいですよね？」

やる気がないのか？

上目遣いで見上げる安藤は頬を高揚させて、明らかに浮かれている。

「好きにしろ」

その代わりもう二度と、お前にパーティーは同行させないだけだ。

注意するのも面倒だから放っておくが、たまにこういう秘書がいる。パーティーというだけで浮き足立って仕事を忘れるような社員はただの邪魔でしかない。

秘書は恋人でも妻でもないのに、なにを勘違いしているのか。

ふと、橙子を想った。

今日の橙子は、上品な深いワインレッドのドレスを着ていた。レースが胸もとや背中を隠してはいたが、近くにいれば見えたはず。冬野のヤローには、きっと。

今こうして挨拶を交わしている最中も、背中にひしひしと橙子の存在を感じて仕方がない。向こうはきっと背を向けているだろうが。

俺はバカだな。

『お前には関係ない』

頭の中でリピートされる〝関係ない〟。

自分で言っておきながら、なに傷ついているんだか。

あの後、車に乗るなり【橙子を頼む】と明良にメッセージを送った。明良の話では特に変わった様子はなかったと言っていたが。実際はどうだったんだろう。

安藤が俺から離れ、姿が見えなくなったのを見計らって外に出た。広い庭には巨大なクリスマスツリーがある。

寒いせいか外に出ている客は少なくて、心を落ち着けるにはちょうどいい。建物の陰に立ち外を見上げると、月が浮かんでいた。

カサッと衣擦れの音がして振り向けば、背中を向ける女性の姿があった。

あのドレスのシルエットは——。

「橙子?」と思わず声に出た。

ピクッと女性の肩が動く。

「寒くないのか?」

橙子はひとりでいた。ショールを羽織っているが、そんな薄着では寒いはずだ。上着を脱いでかけようと思ったが、やめておいた。きっと嫌がるだろうし。

「自分こそ」

「俺は不死身だから大丈夫だ」

なにを思ったのか、橙子はフッと笑う。

「ちゃんと……」

「ん?」

「ううん。なんでもない。私行くわね」

くるりと向きを変え、歩き出す彼女に声をかけた。

「待てよ。橙子、あいつと。冬野と付き合っているのか？」

うしろ姿の橙子は立ち止まったが振り返らない。

「あなたには関係ない」

橙子はそう言い残して、そのまま行ってしまう。

一瞬呆気にとられてしまった俺は、ハハッと気の抜けた笑い声を上げた。

これも復讐なのか。だとしたら成功しているぞ。

もとから継ぎ接ぎだらけの心が、ズタズタに壊れそうだ。

＊＊＊

『あなたには関係ない』

言ったそばから傷ついた。

水の夢で偶然会ったあの日、龍司にそう言われたときのショックが、自分の吐いた言葉で蘇ったんだと思う。

振り向かなくても想像できた彼が傷ついた顔。これじゃまるで復讐しているみたいだと苦い笑いが浮かぶ。

今夜のパーティーはプライベートな参加だからと幸人は言っていた。

『いつもお願いしている友人に、恋人とデートだからダメだって言われちゃって』

十二月はパーティーが多くて大変なんだと困っているようだったから、一度だけの約束で来た。

大きなクリスマスツリーがあると聞いて、見てみたいと思った。

私は子どもの頃からクリスマスツリーのイルミネーションを見るのが好きだ。どんなにつらいときでも、悲しくても、見ている間は幸せな気持ちになれる。

でもまさか龍司もいるなんて。最初からわかっていたら断ったのに。

最近の幸人はちょっと強引なところがある。学生の頃にはなかった強さに戸惑ってしまう。

ため息をつきながら飲み物でももらおうと思っていると、「橙子」と声がした。

ふたり分のシャンパングラスを両手に持った幸人が歩いてくる。

「外にいたのか。飲み物もらってきたよ」

礼を言ってグラスを受け取る。

「イルミネーションが綺麗だなと思って」

「寒かっただろう？」

「少しね。でも大丈夫よ」

ショールを外しながら、そっと背後をうかがった。龍司の姿はない。まだ外にいるのか、それとも別の出入口に向かったのかもしれない。

「橙子さん」

声に振り向くと安藤さんがいた。

「桐山本部長がどこにいるかご存知ないですか？　ちょっと離れているうちに――」

言いながら安藤さんはキョロキョロとあたりを見回す。

彼なら外にと、喉もとまででかかった言葉がどうにも言い出せない。別になにもうしろめたくはないのに、私は変だ。

唇を噛んでグラスに目を落とす。

「おふたりは、お付き合いしているんですか？」

なんのことかと顔を上げると、安藤さんが意味深な笑みを浮かべて私を見ていた。

「えっ？　私、ですか？」

「ええ。冬野さんとこうして一緒にいらしたからには、ねえ？」

今度は幸人に向けて小首を傾げる。

「あはは。僕はそうなりたいんですけどね」

「ゆ……冬野さん、冗談やめてくださいよ」

ふと、視線の先に龍司が見えた。

別の入口から入ったのだろう。私が入ってきた入口は、私の背後の方向にあるから。

「あ、桐山本部長。――じゃあ、冬野さんがんばってくださいね」

安藤さんは手を振って龍司のもとに小走りに向かう。

「彼女、桐山さんと縁談があるらしい」

思いがけない発言に驚きを隠せず、目を見開いて幸人を見た。

私が秘書だった頃、彼女にそんな様子はまったくなかったのに。

「知らない？　彼女の父親、証券会社の副社長なんだよね」

詳しく聞けば誰もが知るような証券会社だった。

「彼女の父親と彼の父親とは仲がいいらしくて」

「そう」

視線を窓の外のイルミネーションに向け、努めて平静を装う。

「コネ入社を疑われるのを嫌って、家族の話はしないって言ってたから、会社でも秘密にしているのかな」

へえ、としか言えなかった。

そういう事情なら理解できる。龍司はともかく、桐山のお義父様なら私を無視して縁談を進めるくらいはするだろう。

「幸人、詳しいのね」

「ほら、橙子とも会ったあのカフェで、あれからも何度か一緒になって」

なるほどね。そんな話をするほど親しいわけか。

いったいいつから縁談があったのだろう。桐ヤマに私が通っていた頃の彼女を思い浮かべて考えた。

もしかしてあの頃から……だとしても、私には関係ない。

シャンパンを飲み干すと、クシュンとくしゃみが出た。

「ごめんね、幸人。なんだか寒気がするの。帰ってもいい？」

「あっ、そうか。大丈夫？」

「うん。ごめんね」

少し大げさなくらいぶるぶると腕を震わせて、私は出口に向かった。送るという幸人に心配ないと告げ、置き去りにして。

だっておかしいでしょう？　龍司が来ると知っていて私を誘う幸人も、縁談があるのに素知らぬ顔だった安藤さんも。

こんな茶番、付き合っていられないわ。

コートを受け取り、目についた警備員に声をかけてタクシーを呼んでもらう。

その間に未希に電話をかけた。今夜は家にいると言っていたから。

『はーい』

未希の明るい声にホッとした。

「今から行ってもいい？」

『いいわよ。でも橙子、今日はパーティーって言ってなかった？』

「行くには行ったんだけど」

言いながらふと気配を感じて振り返ると、幸人がいた。

困ったように顔をゆがめる彼の目を見ながら、はっきりと聞こえるように言う。

「龍司がいたのよ」

『えっ？』

「面倒はごめんだもの。じゃあね。よろしく」

『あ、ああ。うん。待ってるね』

電話を切ってきびすを返した私の腕を幸人が掴む。

「待てよ橙子」

「やめて、幸人。二度と私に連絡してこないで！」

強く振りほどくと、さすがにあきらめたのだろう。

「ごめん……。橙子を傷つけるつもりはなかったんだ。てっきり彼を憎んでいるとばかり」

幸人は、額に手をあてて左右に首を振る。

「傷つく？　あなた本当にわかっていないのね。不愉快なだけよっ！」

落ち着こうと思うのに、語気がどんどん強くなる。

「聞くけど、嘘をついてまで私を連れてきた理由はなに？」

「それは――」

龍司でしょう？

幸人は、龍司を傷つけようとした。理由がなんであれ、私を餌にして。

そんなふうにこそこそと画策してまで龍司を傷つけようとするなんて、酷すぎる。

「さよなら」

外に出ると、タクシーがちょうど到着したところだった。

そのまま乗り込み行き先を告げ、立ち尽くす幸人を置いてタクシーは発車する。

背中を丸めて両手で顔を覆った。

とめどなく涙が溢れて、嗚咽が漏れそうになる。

どうしてそっとしておいてくれないんだろう。

私の心は擦り傷だらけなのに。


未希に散々愚痴を聞いてもらい、ようやく気持ちが整理できた。

次の日。私は実家に帰り、離婚の報告と桐ヤマについて知りうる現状を両親に話した。発表される前に、私の口から伝えておきたかったから。

「ごめんね。言うのが遅くなって」

「お父さんたちはもう全然平気だ。桐ヤマに対しても思うところはない。頭取の件はざまあみろとは思っていたが」

あははと、父は楽しそうに笑った。

私が思う以上に父はタフらしい。よかった。

「龍司くんに立て替えてもらったお金も、一生のうちには返したいと思っている。じゃないとどうも寝覚めが悪くてね。だから橙子。お前も心残りがないようやりたいようにやりなさい」

「お父さん」

「一度しかないんだ。自分のためだけに、好きなように生きてほしい」

父はそう言って、私にしっかりと言い聞かせるように首を縦に振る。

「うん……わかった」

込み上げた涙を拭いながら、私は何度もうなずき返した。


好きなように、か。

実家から東京に戻り、自分がなにをしたいか考えた。

心のリハビリはもう終わりだ。今の職場でもずっといてほしいと言われているし、そのことを含めてこの先を思い描いていこう。

まずはひとつずつ、心の中のしこりを取り除くことからスタートだ。

無事、両親に離婚の報告ができた。次は、振り込まれている慰謝料を龍司に返したいと思うが、さすがに本人には会いに行けないので、田野倉さんに連絡を取った。

桐山家の関係者の中で、田野倉さんの前でだけはホッとできた。最後に挨拶をしたときも、『なにかあればいつでも連絡してきてください』と言ってくれた。

早速甘えさせてもらおうと思う。

「橙子です。すみません突然」

『お久しぶりですね』

電話口での声も穏やかで、かけたことを後悔せずに済んだ。

「実は折り入ってお話があるのですが、どこかで会っていただけませんでしょうか」

田野倉さんは理由も聞かず快諾してくれた。

待ち合わせは私の職場の近くにある料亭。どうせならお食事しましょうと言ってくださったのだ。

指定されたお店の名前に最初は驚いた。誰もが知る高級料亭である。

戸惑ったが、考えてみたら誰にも見られたくないし、他人に聞かれたくはない内容なので個室なのはありがたい。迷わず瞬時に判断する田野倉さんはさすがだと思う。

時計の針が重なると同時に私は席を立ち会社を出た。

到着したのは五分過ぎで、田野倉さんはすでに席にいた。

「すみません」

「いえいえとんでもない」

私はもう桐山とは関係ないのに本当に申し訳ない。あまりお手間を取らせないよう

「実は」と、最初に封筒を差し出した。

中には通帳と印鑑が入っている。

「これを龍司さんに返していただきたくて」

失礼しますと断って、ちらりと中を見た田野倉さんは、通帳の中身を確認しようともせず、眉尻を下げた。

「橙子様名義の通帳ですから、私にはどうしようもありません。力になれず申し訳ないです。受け取れば龍司様に一生恨まれてしまいますのでね」

「では、龍司さんの口座番号を教えては」

田野倉さんはゆったりと左右に首を振る。

「なにか方法はないでしょうか」

「残念ですが。龍司様ご本人にお聞きする以外……」

やっぱりダメか。

予想はしていたけれど、アドバイスくらいは期待していたのにな。

仕方なく封筒をバッグにしまう。

「私、本当に結婚していたのかなって、時々思うんです。笑っちゃうくらい、なにも知らなくて」

夫の口座番号も知らないなんてね。

苦笑交じりのため息が漏れる。

「なにをおっしゃいますか。橙子様は確かに龍司様の大切な妻でいらっしゃいましたよ」

「ありがとうございます」

ふと廊下からキュッキュッと歩く音がする。

「ここの廊下は鶯張りなので、誰かが来るとわかるのですよ。密談用に」

田野倉さんがクスッと笑う。

「あぁ、なるほど」と思わずつられて笑った。私と田野倉さんがこうして会っている今も、ある意味密談だろう。

間もなく「失礼します」と声がして、仲居さんが顔を出した。

料理が届き始める。

「さあ、いただきましょう。おいしそうですよ」

「はい」

ランチメニューとはいえ、手抜きはない。

メインは金目鯛の煮つけだ。汁物に、お造り、色とりどりに盛り付けられた旬菜にあんかけの蒸し物。ゴマ豆腐もある。

「お近くでお勤めというのは？」

「短期のアルバイトで設計事務所に。先月で辞める予定だったのですが、少し延長しているところです」

もともと産休中の社員の穴埋めという短期契約だった。忙しいので、もう少しだけ手伝ってほしいと頼まれたのだ。

「そうですか。その後は？」

「まだなにも」と答えた勢いで、思い切って聞いてみた。

「あの、桐山のお義父様がご病気と」

「その件でしたら心配ありません。どちらかというと龍司様のお体のほうが」

田野倉さんはうつむきがちに視線を落とす。

「顔色がよくないですよね？　龍司、どこか悪いんですか？」

顔を上げた田野倉さんは怪訝そうに首を傾げたので、大使館でのパーティーで偶然見かけたのだと説明した。

「そうでしたか」

「痩せたようにも見えましたし」

「ええ。よく眠れないようなんです。心配なんですがご本人は大丈夫だと」

龍司は我慢強いから……。

カーンと鹿威《ししおど》しの音が響き私も田野倉さんも庭に目を向けた。

話を中断し箸を進める。

心配したところで、私にはもうなにもできない。

せめて友人として、近くにいられればいいのだけれど、そううまくはいかないだろう。せいぜい遠くから、彼の幸せを願う以外、私には……。

黙々と箸を進めるうち、最後のひと口になった。

田野倉さんと会うのもおそらく今日が最後だ。お別れする前にもう一度、龍司をよろしくお願いしますと頼んでみよう。

そう思いながら箸を置いたとき、「お願いがあるのですが」と、田野倉さんが言った。

「橙子様、うちで働きませんか?」

「え?」

「実は」と、唐突に始まった田野倉さんの話に、私は息を呑むほど驚いた。

まず田野倉さんの肩書きだ。

内ポケットから取り出した名刺を田野倉さんは私に向けて差し出した。ＫＫＹエネルギー株式会社とある。しかも田野倉さんの役職は——。

「田野倉さん、副社長だったんですか」

嘘でしょ、と思わず心の中でつぶやいた。こんなに腰の低い方が……。

「まぁ、さほど大きくはないグループ企業ですから」

控えめに微笑むが、とんでもない。ＫＫＹエネルギーといえば桐ヤマグループ傘下の、私でも知っている大企業だ。

「どうです？　三月まで働いて考えてみたらよいのでは？」

なんと、ＫＫＹエネルギーに四月から龍司が社長として異動してくるという。

「もちろん無理にとは言いません。ただ、龍司様は固く心を閉ざしてしまっています。頼れるのは橙子様くらいしか」

「でも、お父様がお許しにならないのでは……。龍司だって」

田野倉さんは否定するように首を振り、微笑んだ。

「呪縛は解けたんです」

「じゅばく？」

意味がわからず、首を傾げた。

「ええ、桐山家を長く苦しめていた呪いがあったのです。それによりたくさんの方が苦しめられました。橙子様ご一家が最たる例でしょう」

あっ……。呪縛って、桐山家と橘家の――。

「申し訳ありませんでした」

動揺して固まる私に、田野倉さんが頭を下げた。

「た、田野倉さんは関係ありません。やめてください、困ります」

腰を浮かせて手を前に出して、田野倉さんを止めた。

「いえ、わかっていながら、私はなにもできませんでした。時が来るのを待つしか」

「いいんです、もう本当に」

私は慌てて父が田舎で元気に仕事を始めたと報告した。

「そうですか。それはよかった。さすがですね橙子様のお父様は」

「懲りない人ですから」

＊＊＊

「本部長、次の秘書ですが」

秘書課長が悩ましげな目を向ける。

「いや必要ない。高村がいれば十分だ。雑務と客の応対はその都度頼みたいが、専属はつけなくていい」

「わかりました」

どうせ年明けの四月には異動になる。それまでに手がけた仕事をどうするか精査しなければならないが、要は後片付けだ。

週が明けて、早速目障りな安藤が消えた。有給休暇だというが、どうせそのまま退職だろう。秘書課長もそのつもりでいるようだ。

大使館のパーティーの後、安藤を俺の秘書から外すと彼女は泣いて騒いだ。

安藤は実力もなく、父が彼女の父親に頼まれて入社させた。

もともと俺の専属というわけではない。雑用と二度パーティーの同席を頼んだだけなのに、なにを勘違いしたんだか。俺の恋人だと吹聴していたらしい。

そのほかにも後輩へのパワハラやら情報漏洩などの問題が明るみになり、ひとまず総務に異動命令が下ったがそれが気に入らなかったんだろう。

安藤の父親に事情を説明すると平謝りに謝っていたが、コネ入社を含め、独身の女性秘書はこれだから油断ならない。

やれやれとため息をついたところで扉がノックされた。

「失礼します」と高村が顔を覗かせた。

「そろそろ出ますか」

「ああ」

車に乗り通りへ出ると、巨大なクリスマスのイルミネーションが見えた。

隣のビルの一階エントランスロビーは三階まで吹き抜けになっている。数カ月ごとに季節を彩る飾りつけが道行く人々の目を楽しませていて女性に人気だ。

いつだったか橙子が、ここのクリスマスツリーが楽しみだと言っていた。

大使館のツリーも寒いのにわざわざ外に出て見るくらいだから、よほどイルミネーションが好きなんだろうな。

橙子の家庭は温かい家だった。俺の親父が壊してしまわなければ、昔住んでいた広い邸でクリスマスツリーを飾り、とんがり帽子でもかぶってこんがり焼けたターキーでも食べて過ごしたに違いない……。

眉間に指先をあてて、軽くマッサージをした。寝不足のせいか頭が痛い。

「大丈夫ですか？」

「ああ。軽い頭痛がしただけ」

顔を上げると、高村が気遣わしげに俺の顔を覗き込む。

「相変わらず眠れませんか」

「まぁな。でも週末はよく眠れたから平気だ」

心配そうな高村に笑顔を見せ、気を取り直して通りに目を向けると——。

ん？　あれは。

すれ違いざまに振り返って見れば、やはり橙子だった。

「あ、橙子さん」

高村も気づいたらしい。

髪をうしろでひとつにまとめた橙子は、紺色のパンツスーツにコートを羽織り、スーツ姿の見知らぬ男と並んで歩いている。

カチッとした大きめのショルダーバッグを肩にかけ、ファイルを抱えている様子から見てとれる状況は仕事中。

男は三十代後半か？

ヒールを履いた橙子より頭ひとつ背が高い。痩せぎすでメガネをかけて——。

「どこかにお勤めなんですかね」

「さあな」

楽しそうだった。打ち解けた表情で笑い合うほど親しいのだろう。

ゆっくりと息を吸う。

俺は大丈夫だ。そうさ。なんでもない。

＊＊＊

田野倉さんには結局、返事は保留にしてもらった。

すぐには決められず、一週間、悩みに悩み抜いて結論を出した。これ以上ないほど心の隅々まで覗き込んだおかげで、気持ちはすっきりとしている。

設計事務所も辞めて、晴れやかな気分で来たのは未希のサロン。

ふぅーとゆっくり息を吐く。

エステベッドに体を横たえていると、体の疲れも抜けていくようだ。

「そっか」

閉じた瞼の上のほうから未希の声がする。

「設計事務所はやっぱり辞めたんだ」

「うん。もとからそのつもりだったし」

昨日で仕事を辞めてきた。心身ともにリフレッシュをして、田舎で両親との時間を今のうちにゆっくり楽しみたい。

来年に備えて。

「橙子の上司。メガネをかけたアラフォー独身男性の部長だっけ。泣いたんじゃない？」

「やだ、泣かないよ」

ずいぶん引き留められたけどね。

「それで、これからどうするの？」

「また働こうと思うんだ。実はね――」

かくかくしかじかと田野倉さんから誘われた話をした。

「えっ？　秘書って、また龍司の？」

「上司が龍司になるかどうかは、まだわからないの。年明けから働き始めて三カ月の間に答えを出すつもり」

未希に向かってにっこりと微笑んだ。

「私ね、したいようにしようと思うんだ」

いろいろ考えないで、心のままにね。

サロンを出て数メートル歩いた先で、偶然幸人に会った。

偶然というよりも必然か。夕暮れの闇の中、彼は私を待っていたと言ったから。

二度と会いたくないと思っていた相手なので、いかにも不審そうに顔をしかめる。

「待ってたって、どういうこと？」

「そこのサロン、君の友人の店なんだよね。もしかしたら会えるかと思って」

私は未希のサロンの話を幸人にした覚えがない。なぜ彼が知っているのか疑問だし嫌な予感しかしない。

「年明けから日本を離れるんだ。最後に謝りたくて。君にはすべて正直に話したい」

そんなふうに始まった告白を、私は少しの驚きと失望をもって聞いた。

すべてを話し終えた彼は「申し訳なかった」と深く頭を下げた。

「もういいわ。終わったことだもの」

さよならを告げて幸人と別れ、マフラーを直しながら地下鉄の駅に向かう。

ジングルベルは終わっても町は賑やかだ。指折り数えてニューイヤーを迎える電飾が輝き、ほろ酔い加減の笑い声がそこかしこから聞こえてくる。

喧噪の中、幸人の話を思い返した。

秘書課の安藤さんと彼とは、私と安藤さんがあのカフェに行くひと月ほど前から知り合っていたそうだ。あのカフェで話をするようになり、会うたびに情報交換をしていたという。

『橙子が彼の秘書になってすぐ連絡があった』

安藤さんの案内で行ったカフェで、幸人と会ったのは偶然なんかじゃなかった。電話だと席を立った安藤さんは幸人に連絡していたらしい。偶然を装い、のちのち自分たちが知り合いだと疑われないよう仕組んだという。

父と桐山の関係もすべて彼女から聞いたそうだ。

彼女が調べていた目的は、龍司を振り向かせるため。

『安藤は龍司さんが好きなんだ。まったく相手にされないけどね。僕と同じで』

話を聞いて、ストンと合点がいった。彼女はいつも微笑みを浮かべていたが、その奥は冷たく光って見えたから。

彼らの目的がどうあれ、私は彼女と幸人の発言をきっかけに真実に近づけた。その事実だけに目を向けて、深く考えないようにしようと思う。

すべてはもう遠い過去。クリスマスソングとともに聞き流そう。

『業界でも桐山龍司さんの評判はいいんだ。それなのに、すまなかった。僕は彼がずっと羨ましかったんだ。敵う相手じゃないのに、自分が恥ずかしいよ』
最後に聞いたもと夫に対する褒め言葉だけは、耳に心地よかった。

そして——。

お正月を含め半月ほど両親と過ごした私は、一月の月初めにKKYエネルギーに入社した。

KKYエネルギー本社があるビルは、桐ヤマ系の様々な企業が入っている。そのうちの三階から五階までのフロア全体がKKYエネルギーだ。

人事課課長に連れられて向かったのは、私の配属先である総務がある三階。

廊下から扉を開けると開放的なスペースが広がっていて、会議室や役員室以外は壁でしきられておらず、人々の顔もよく見えた。

皆明るい表情で、やる気と活気に溢れている。

彼らにつられたように私の胸も躍り、気持ちが引き締まる。

「今日から一カ月、総務課で働いてもらう橘さんです」

「よろしくお願いします」

総務課に紹介され、私の一日目がスタートする。

自分で希望したのもあるが、最初は総務で社内全体の雰囲気を掴んでおいたほうがいいでしょうという田野倉さんの配慮でもある。

ある程度社風に馴染んだところで、ひと月後には秘書課に異動し、田野倉さんの秘書になる予定だ。

簡単な挨拶を済ませて席に座ると、早速隣の席の女性が話しかけてきた。

私よりもいくらか年上と思われる彼女の左手の指には、シンプルな指輪が見える。既婚者のようだ。

「吉野《よしの》です。よろしく。なんでも聞いてねー」

吉野さんは屈託のない明るい笑みを向ける。

「よろしくお願いしますー」

「橘さんってこの後、田野倉副社長の秘書になるんですってね」

「はい。そう聞いています」

隠さないというのも田野倉さんの意向だ。

公にしたほうが、憶測を呼ばないからという理由らしい。

私としては不安だった。ＫＫＹエネルギーは子会社とはいえ立派な一流企業である。裏口入学のように割り込みする私を、ほかの社員がどう思うのか。就職試験を勝ち抜けて入社した社員には反発されるだろうと覚悟を決めていた。ところが――。

吉野さんは「これで田野倉副社長も安心ね」と言う。

「前の秘書があんなだったから」

「なにかあったんですか？」

「あら、知らないの？　当然知っているかと思ったのに」

吉野さんの説明によれば、もと秘書が機密データを抜き出そうとしたらしい。不正アクセスを見抜かれ、解雇処分になったという。

「産業スパイっていうか、その女性秘書、同業他社の恋人に利用されたんですって」

「そんな事件が……」

ふと、自分が龍司の秘書になったきっかけを思い出した。

理由は違っても情報を集めようとして龍司のもとへ行き、恋人ではないが幸人に情報漏洩を勧められもした。他人事とも思えず、苦い思いが込み上げる。

「本社の秘書課にもいたそうよ。おかしな女性社員が」

その言葉にハッとして「本社の秘書課ですか？」とオウム返しに聞いた。

「実は私、ほんの少しだけ本社の秘書課にいたことがあって」

「あら、そうなのね。問題の秘書は安藤さんといって――」

吉野さんが聞いた話によると、彼女は仕事もしないで立ち聞きばかりしていたという。秘書課から総務に異動命令が出たら号泣して大騒ぎをしたと。

結局彼女はクビ同然で辞めたらしい。

ざまあみろとまでは言わなくても、さもありなんと思う。龍司が彼女の本性を見抜けないはずがないもの。

話の流れから、私は吉野さんに自分は桐山龍司のもと妻だと告白した。これからは堂々と、なにを言われてもかまわないから正直でいようと決めたのだ。

吉野さんは最初こそ驚いたけれど「納得したわ」と上下に首を振って笑った。

「田野倉副社長の口添えで入社する人なんて、よほどの人だもの」

「でも、どうぞ気にしないでください。過去の話ですし」

「もちろんよ。忖度なしね。がんばって」

ポンポンと私の肩を叩く明るい吉野さんの笑顔に、初日から気持ちが楽になった。

午前中は説明を受けるだけで、慌ただしく過ぎた。

社員の名前に備品の置き場所や給湯室の使い方など、まずは覚えるのが仕事だ。業務にたどり着く前に終わる。

ランチは気晴らしにお弁当を持って外に出た。

ここは桐ヤマの本社がある通りから一本北の道沿いにある。大通りではないから少し落ち着いていて、ほんの数分歩いた先に小さな公園がある。朝ここに来る途中に見つけておいた安らげそうな場所だ。

細くて背の高い木を囲むようにベンチがあり、そこに腰かけた。

真冬とはいえ天気がいいし、風もないのでそれほど寒くはない。ボトルの中の温かい麦茶を飲んでひと息つくと、心が和らいだ。

ついにここまで来ちゃったな。

迷いに迷った日々を乗り越えて迎えた今日だから、心はすっきりとしている。おにぎりを頬張ると自然に頬がほころんだ。

夕方課長に頼まれて田野倉さんに書類の届け物に行く。

「どうですか、会社の雰囲気は。慣れそうですか？」

「はい。皆さん楽しそうに仕事をしていて、すんなりと受け入れてくださってありがたいです。なにも不安はありません」

嘘偽りのない、今の正直な気持ちである。

「そうですか。よかった」

私は龍司の支えになりたいと思う。

たとえどんな立場でも、溌剌とした彼を見届けて安心できるまで。

その先になにがあるかはわからない。

もしかしたら親しい友人という新しい関係になるかもしれないが、明日は明日の風が吹く、だ。

龍司、私はうれしい。

あなたが社長になって活躍する姿を目の前で見られるんだもの。

今から楽しみで、仕方がないよ。

◇復讐すると言ってくれ

年が明け、年度も明けた。

心機一転、生まれ変わるつもりで、ここまで来た。

車から降りて見上げたビルは、朝日を浴びて輝いている。昨夜の雨が汚れを落としたのかもしれないが、やけに綺麗だ。

「新しいだけありますね」

隣に立つ高村も同じように思ったのだろう、「まぶしい」と目を細めた。

「さあ、行くか」

今日からここが俺たちの職場だ。

ロビーに飾られた装花は桜だった。満開の花を枝にたっぷりとつけている。

エスカレーターを登り二階へ。さらにそこから階段で三階へ向かう。

と、そこに田野倉がいた。

「おはようございます。桐山社長」

「おはよう。あらたまって言われると照れるな」

「さあどうぞ、こちらが社長室です。高村さんはこちらに」

「はい」

社長室は東南の角、一番日あたりのよい部屋だった。高村の席がある秘書室はその隣、社長室ほどは広くなく扉で繋がっている。

「へえ。綺麗だな」

すっきりと片付いている。

「はい。磨いておきました」

前任の社長は本社の役員に異動になったから栄転だ。俺の場合は受け取り方によっては栄転とも左遷とも取れるだろう。答えは俺が来てどう変わったか、その結果が決める。

ＫＫＹエネルギーは、事業規模はそれほど大きくないが、エネルギー関連に特化しているため、同じ業務を扱ってきた俺にとっては動きやすい。

ここで社長として経験と実績を積む。

いずれ桐ヤマのトップに立つために。

一度は離れようとした桐山という怨念めいたしがらみだが、やると決めた。

腹をくってきたからには必ず結果を出す。

「十時からモニターで挨拶をしていただきます」

「わかった」

「雑用を任せる担当秘書を紹介します。今連れてきますね」

「ああ」

女性じゃないといいが。仮に女性なら既婚者がいい。俺の妻の地位を裏で狙う安藤のような女は懲りごりだ。

橙子が秘書ならと、未練がましい想いがよぎる。

しばらく彼女の姿は見かけない。水の夢にも顔を出してはいないようだ。

そういえば冬野は橙子に振られたようだ。パーティー会場の出入口付近で橙子が冬野に激怒しているのを見かけた。身のほど知らずめ。橙子に手を出すには百年早いんだ。

橙子、お前は今どこにいる?

年末にメガネ男と並んで歩いていたのを見かけたのが最後だ。

あの後、俺は過労で倒れ目が覚めた。

いつか必ずお前を迎えに行く。そう決意した。

もうぐずぐずと悩むのはうんざりだ。俺はやりたいようにやる。

ここで結果を出して、お前に洗いざらい打ち明けて、許してもらえなくても俺は、頭を下げ続けてでも、お前と一緒にいたい。

迎えに行くそのときまでどうか。

ほかの男なんか相手にせずに、俺を待っていてくれ。

そう思いながら引き出しの中を確認していると、扉がノックされた。

「失礼します」

「はい」

田野倉のうしろに若そうな女性の姿がちらりと見えた。

密かにため息をつき、田野倉に前もって言っておけばよかったと後悔した。

だが、うつむきがちに入ってきたのは——。

えっ?

「橘橙子です。よろしくお願いします」

どう返事をしたものか、困惑する俺を置いて田野倉は社長室を出ていく。

夢じゃないよな?

寝不足で幻覚まで見えたかと不安になり、瞬きを繰り返した。

あらためて顔を上げると、彼女はにっこりと微笑む。幻なんかじゃない。

「今年一月に入社しました。ひと月ほど総務にいて、二月からは田野倉副社長の秘書をしておりました」

「なぜ、ここに？」

「それは――」

橙子はにっこりと笑って、綺麗に並んだ小粒の白い歯を見せる。

「あらためて、あなたに復讐をしようと思いまして」

ハハッと思わず笑う。

ああ、本当に橙子だ。鮮やかな笑顔もそのままに、俺がよく知る、もと俺の妻。

「顔色がよくありません。お痩せになりましたよね？」

ちょっと気が強くて、俺に注意ばかりする。

橙子の声が続く。

「きちんと食事をとって、お元気でいてくださらないと、私が復讐できませんから」

橙子……。うれしくて、俺は泣きそうだ。

思わず立ち上がり、彼女のもとへ行って抱きしめた。

「りゅ……、社長？」

頬ずりすると、ほんのり甘くてやわらかな香りに包まれた。

「よく来たな」

よく来てくれた。

会いたかった。ずっと、会いたかった。

「お前が夢に出てきたときだけは、よく眠れたんだ」

ゆっくりと背後に回ってきた手が、俺の背中をさする。

「また膝を貸してくれるか？」

いつかと同じ俺の要求に、くすっと橙子が笑う。

「ええ、それであなたが休めるなら、いくらでも」

体を離して顔を見ると、綺麗な瞳は涙で潤んでいた。

恥ずかしそうに瞳を揺らした橙子の頬をはらりと涙が伝う。

俺は指先でそっと拭い。再び強く抱きしめた。渇望してやまなかったこの温もりを逃さないよう、さらに力を込めて。

抱いた胸や背中に回した腕から、橙子が伝わってくる。初めて心から幸せだと思った。

俺のすべて、愛しい橙子、もう二度とお前を離さない。

◇エピローグ

再び龍司の秘書になって一年と半年。私は退職し、彼と再婚した。

「おめでとう橙子」

「未希、ありがとう」

今日は私と龍司の二度目になる結婚式。

場所はドバイのホテル。相変わらず忙しい龍司の仕事に合わせて急遽決まったから、来られる人だけを呼んだ、ささやかなパーティーだ。

夕暮れ時のルーフトッププラウンジ。アラビア湾に沈む夕日をデザートに地中海料理に舌鼓を打つ。

私が着ているウェディングドレスは、龍司とふたりで選んだレースの袖がついているプリンセスラインの純白のドレスだ。

龍司は黒のタキシード。彼はなにを着ても憎らしいほど似合うが、今日は髪をオールバックにしているせいか、一段と凛々しく見える。

私たちの結婚は二度目だからちょっと恥ずかしいけれど、私にとっては今回こそが本当の意味での結婚式だ。迷いも戸惑いもなく、心の中は幸せが溢れている。

そんな思いを胸に龍司を見つめると、視線に気づいた彼が「ん？」と振り向く。

「なんでもないわ。私の旦那様はかっこいいなぁと思っただけ」

弾けるように笑った龍司は私の頬にキスをして、ギュッと肩を抱く。


この一年いろいろあった。

父は田舎で知り合った農家の若者たちと活発に動いているし、桐ヤマを引退した龍司のお父様は、今はパリの郊外にいる。一緒についていったお義母様となんとワイナリーを買い取って、ワイン作りに夢中らしい。

お義父様は私に謝ってくれた。

『すまなかった』

たった一言だったけれど、それだけでもう十分。私の中に巣食っていたわだかまりは、さっぱり消えた。

龍司は基本的には変わらないが、若き社長として相変わらず忙しい日々を送っている。

社内での評判は上々。現場の担当者に自ら声をかけ、ボトムアップ型の風通しのいい社風を心掛けているようだ。

『若いやつらが積極的に挑戦できるようにしたい。だが当然ミスも多いだろう。どうか経験豊富なあなた方が気にかけアドバイスをしてやってほしい』

先日も、彼より年上の幹部を前に熱く語っていた。

着々と実績を上げている彼を、田野倉さんも『さすがです』と感慨深く見守っている。

私が口酸っぱく食事や健康について言い続けたせいか、みるみる顔色もよくなった。夜もよく眠れるようになったようだ。

寝るときは私を抱えるようにして寝るというおかしな癖ができてしまったけれど、私自身、彼の温もりや匂いに包まれて幸せな眠りにつけるから、うれしい癖とも言える。

おかげで今は元気すぎて困るくらい。

龍司の秘書を始めて間もなく、私たちはまた世田谷の邸で暮らし始めた。

てっきり手放したのかと思っていたが、言われてみれば売物件の看板を見た記憶がない。どうやら田野倉さんが、密かに管理していてくれたらしい。

私と龍司が再び一緒になる日を信じて、邸に戻る日を待っていてくれたのだ。

縁起でもないと言って別の家を買おうとした龍司を私が止めた。

私はあの家が好き。悲しかった記憶も含めて、あの明るいリビングにいるとなんとも言えず幸せな気分になれる。

以前のような邸に籠る籠の鳥のような生活と違い、今では龍司にエスコートされて数々のパーティーにも同席している。ときには秘書として、ときにはパートナーとして。

週に二日ハウスキーパーを雇い家事も無理なくこなしながら、龍司と一緒に働いた一年は本当に楽しかった。

もっと働いていたかったけれど、実は――。

「大丈夫か？　少しでも体調が悪ければ言うんだぞ」

「うん」

龍司は人目を憚らずにウェディングドレスの上から、少し膨らんでいる私のおなかを撫でる。

私は今、妊娠五カ月。安定期に入ったところだ。

妊娠がわかってすぐ入籍し、私たちは再婚した。

心配性な龍司に、私は半ば強制的に会社を辞めさせられて、なにもせず寝て過ごせくらいの勢いでもう大変だった。

最初に買ってきたのはリクライニングチェア。リビングと私の部屋と寝室と、それぞれ一脚ずつ。まだ生まれていないのにベビーシッターの心配を始め、家には彼が買ってきたベビーグッズが溢れている。

ドバイに来るのもなかなかうんとは言ってくれず、今回は医者の知人を引き連れての旅行である。

「大変だな」と笑うのは水越くん。

「どうする？　橙子、そのうち家から一歩も出してもらえなくなるぞ」

「そんなの無視よ。橙子、負けちゃいけないわ」と澄ますのは千春。

忙しいだろうに、皆来てくれた。

「お前ら、余計なことを言うなよ。俺はただ心配なだけだ」

「でも龍司、絶対にラクダには乗るよ？」

私が言うと、龍司は大きくため息をつく。

「ラクダ……」

頭を抱えて悩む彼を見て、友人たちがあははと大笑いをする。

一次会はお開きになり、その後、皆で超高層ビルの展望台へ移動した。

前回未希と来たときは昼間の景色しか見ていない。がらりと様相を変えた美しい夜景に目を奪われ、張り付かんばかりにガラスにくっついて、様々な色に煌めくビルや街を見下ろす。

世界最高峰の展望台から望むドバイの夜景はまるで宝石箱のよう。切り取って額に飾れたらどんなにいいだろう。

「なんて綺麗なの」と感嘆のため息が出る。

やっぱりドバイに来てよかった。ここは思い出深い場所だから。

本当はデザートサファリに行きたかったけれど、この体では無理だ。なにしろサファリは飛び跳ねるように走る車で砂漠を進むから。

「龍司。後で必ず行こうね、デザートサファリ」

「ああ、必ずな」

龍司が私の腰を抱き、私は彼の肩に頭を乗せた。

「そういえば龍司、復讐だけど」

「ん？」

「私、誰よりも幸せになるのが、運命への復讐だと思ったの」

復讐は誰かに対してじゃない。強いて言うならば運命への復讐だった。

「それで、どうなった？」

「無事に成就したよ。私、今すごく幸せだから」

首を回して見上げると、龍司がにっこりと目を細める。

「そうか」

「龍司は？　幸せ？」

あははと彼は笑う。

「今さらだぞ。俺はお前さえいれば幸せだから」

龍司が空いているほうの右手で私の左手を絡め取る。手首のブレスレットがさらさらと腕を滑り、動きに合わせて煌めいた。

「まだそのブレスレットしているのか」

「気に入っているの」

細い鎖が肌に触れる感覚が気持ちよく、今は体の一部になっている。

「じゃあ、明日もうひとつ、記念に買おう」

「うん」

私たちは笑いながら、頬を寄せ合う。

お互いの温もりを確かめ合うようにして、幸せをかみしめながら。

一度は別れを選んだ私たち。

離れても幸せでさえいてくれれば、それでいいと願った。

悔しくて悲しくて、半身をもぎ取られたように心がボロボロになっても、歯を食いしばって前へ進んだのは彼を悲しませたくなかったから。

だけど自分が幸せになるには、やっぱり龍司と一緒じゃないと無理だと気づいた。

だって私は、彼しか愛せないもの。

私の唯一の人……。


横顔を見上げると、彼は「ん？」と微笑む。

「幸せだなって思って」

「珍しく素直だな」と龍司が笑う。

「だって今日は結婚式だから」

龍司が耳もとでささやいた。

「橙子、愛してるよ」

私もささやき返す。

「私もよ龍司」
心から、あなたを愛してる。あなただけを永遠に。

了

あとがき

はじめまして。白亜凛《はくありん》です。

今作をお手に取っていただきありがとうございます。

さて、今回のテーマは〝復讐〟という禍々しいものでした。

当初はドバイを舞台としたバカバカしいくらいのラブコメを書くつもりでいたのですが、気づけば笑えるどころか切ないお話になり、自分でも驚いています。

コロナ禍のせいかもしれません。自力ではどうにもできない大きな壁を前に無力感に襲われて過ごすうち、ふつふつと復讐なんて言葉が湧いてきました。

趣味の旅行にも行けず外食も遠慮せねばならぬ日々が続き、無性になにかに復讐したくなったような気がします。

負けても負けないふたりを書きたくなりました。

おかげでなにかに復讐できた気分になれて、晴れやかな気持ちであとがきを書いています。

大好きなこの作品をマーマレード文庫の一員にしてくださったお礼を、お声をかけてくださった担当者様及び、携わった多くの方にお礼を申し上げます。

本当にありがとうございました。

素敵な表紙を描いてくださったカトーナオ先生、表紙のふたりを見るたびに頬を緩ませ感謝しております。

そしてドバイを舞台にチーターが出てくる話を楽しみにしてくださった、せいともさんや吉岡ミホさん始め友人の方々。皆さんが背中を押し続けてくれなければ、この作品は生み出せませんでした。ありがとうございます。

そして最後になりますが、お読みくださった読者の皆様に心からの感謝を。

お読みくださり、ありがとうございました。

白亜凜

マーマレード文庫

離婚を認めない俺様御曹司は、幼馴染みの契約妻に独占愛を刻み込む

2022年12月15日　第1刷発行　定価はカバーに表示してあります

著者　白亜 凛　©RIN HAKUA 2022
編集　株式会社エースクリエイター
発行人　鈴木幸辰
発行所　株式会社ハーパーコリンズ・ジャパン
東京都千代田区大手町1-5-1
電話　03-6269-2883（営業）
0570-008091（読者サービス係）
印刷・製本　中央精版印刷株式会社

Printed in Japan ©K.K. HarperCollins Japan 2022
ISBN-978-4-596-75743-2

m a r m a l a d e b u n k o